文　庫

三つの名を持つ犬

近藤史恵

徳間書店

I

第一章

その日、わたしはだれにも言えない秘密を抱えこんだ。
秘密は白い犬の姿をしていた。

死んだ祖母がよく言っていた。人には身の丈にあった幸福というのがあって、それ以上を望むものではないのだと。

でも、その幸福が身の丈にあっているかどうかなんて、どうやって判断するのだろう。洋服の袖の長さを合わせるのとは違うのだ。

妹は、わたしよりずっと頭が良かった。勉強なんてテスト前にしかしなくても、いつも成績はよかった。わたしが必死に単語帳をめくって覚えた英語のスペルも、彼女はたった一度見ただけで難なく覚えてしまった。

そういう意味では、妹はわたしよりずっと幸福に生まれついた。でも、頭がいいことは学校でいい成績を取れるというだけのことではない。彼女は進学校に進み、地元の国立大学の医学部へ入った。卒業はまだだが、このまま順調にいけば彼女は医者になるだろう。難しい仕事だけど、やりがいはあるし、収入だって期待できるはずだ。

つまりは、幸福な人のところには次から次へと幸福が転がり込んでくるのだ。株や投資で儲けるのは、たいていお金が有り余っている人たちなのと同じことだ。

もちろん努力は必要だけど、持てる者は、不運な者より少ない努力で欲しいものを手に入れることができる。

幸福は、幸福を呼ぶ。生まれつき、豊かな才能に恵まれている人は、他人を妬《ねた》んだりもしないから、人に優しくできる。だから人にも愛される。幸せは連鎖のように続いていく。

それなのに、どうやって見極めるのだろう。その幸福が身の丈にあっているかどうかを。

結局、それがわかるのは、望んだ幸福が身の丈を越えていて、手痛いしっぺ返しを食らってからなのだ。

わたしは妹のように賢く生まれつかなかった。ただ、その代わり子どもの頃から可愛い子だとよく言われた。

草間《くさま》さんのところの都《みやこ》ちゃんは大きくなったら美人になると、近所の人たちからも噂《うわさ》された。子どもの頃は男の子に苛《いじ》められたけど、中学生になったあたりから、男性にやけに優しくしてもらえるようになった。学校でいちばんきれいだと言われたこともある。

自分の頭が妹ほど良くないことに気づいても、悲観しなかったのはそのせいだ。妹だって充分可愛い顔をしているのに、わたしをうらやむようなことをよく言った。

もし、わたしが人よりきれいに生まれついたのなら、それは幸福なことだ。石鹼《せっけん》で顔を洗っただけでなにもしなくても、ニキビひとつでなかったし、食べたいものを食べても体型はそんなに変わらなかった。にょきにょきと伸びた脚はよく人から羨《うらや》ましがられた。

自分が美人の部類に入るということはわかったけど、それでもわからないことがあった。きれいに生まれついても、それ以外は特になにも手に入れていない人もいるのに、モデルとして大成功したり、見初《みそ》められて大富豪の奥さんになるなど、きれいであることを武器にして、ほかの幸福を手に入れていく人もいる。そこにはどんな違いがあるのだろう。

身の丈に合わないことを望むつもりはない。ただ、それでも自分に許された幸福は欲しかった。

今でもわたしにはまだわからない。どこまでがわたしが望んでもいい幸福だったのか。そして、いつ、自分が境界を越えてしまったのか。

エルはわたしの膝《ひざ》に顎《あご》をのせて、目を閉じていた。わたしは喋《しゃべ》りながら、ずっとその小さな頭を撫《な》でる。ときどき耳を指で掻《か》いてやると、エルは気持ちよさそうに鼻息を吐いた。

「都さんにとって、エルちゃんはどんな存在ですか?」

インタビューアーの女性ライターはそんな手垢《てあか》の付いた質問をした。もう何度も別の人たちによって繰り返された質問だから、暗記した台詞《せりふ》のように簡単に答えられる。

「家族であり、恋人みたいな存在でもあり……ひとことで言うとパートナーですね。エルのいない生活なんて考えられません」

わたしの声は、そのままテープに吸い込まれていく。今までと同じように。

だが、台詞のように繰り返しているからといって、そこには嘘はない。本当のことを言うと、わたしはもう少し大げさに考えている。

エルはわたしの天使だった。

「じゃあ、ひとことで言うと犬の魅力ってなんだと思います?　猫やほかの動物じゃなくて、どうして犬だったんですか?」

わたしは首を傾《かし》げて微笑《ほほえ》んだ。カメラマンがシャッターを切り、フラッシュが光る。

「うーん、難しいですね。猫も大好きですし、動物はみんな可愛いです」

「蛇とかも？」

「蛇も好きです。あ……でもゴキブリは苦手かも……」

どっと笑いが起こる。わたしは話し続けた。

「でも、犬ってとても感情表現が豊かなんです。うれしいときはうれしいと全身で表現するし、悲しいときはしょんぼりうなだれるし……。それが一緒にいて楽しい理由ですね」

そしてわたしにはわかる。今のエルは少し退屈している。首のまわりに生えたえりまきのような毛をかきまわしてやる。エルはわたしをちらりと見上げた。まだ終わらないの？もう帰ろうよ。その目はそう言っている。

もう少しだから我慢してね。そう言うつもりで背中を撫でると、エルは諦《あきら》めたように床に伏せて上目遣いにわたしを見た。いじけているというアピールだ。

インタビューアーが言った。

「じゃあ、最後の質問をさせてください。もし、好きになった男性が犬嫌いだったらどうしますか？」

ざらり、と心にやすりをかけられた気がした。このインタビューアーは少し意地悪だ。

わたしは不快感を押し込めて笑ってみせる。

「そんな人は好きになりません」

今日初めての嘘だった。


高校を卒業し、東京に出てからもう八年になる。

大学に行くために上京したけど、結局大学は一年で辞めた。こっそりはじめたバイトが忙しくなったからだ。

本当のことを言うと、東京の大学を受けることにしたときから、心の奥で決めていた。もしきれいであることを活かせる仕事があるのなら、それに就きたいと。

うぬぼれていると思われたくなかったから、だれにも言わなかった。それに自分がどのくらい美しいのかなんて、自分にはわからない。

田舎町ではそれなりにもてはやされても、都会に行けばわたし程度の美人なんて掃いて捨てるほどいるかもしれない。

もしうまくいかなかったなら、そんな夢などはじめから持ってないふりをして、普通に大学を卒業し、働くつもりだった。

モデル事務所のオーディションはひとつめに受かった。出だしは好調だった。最初にはじめたのはレースクイーンの仕事だった。鮮やかなレオタードを身につけて、サーキットやモータースポーツのイベント会場でにっこりと微笑む仕事。わたしの前にはいつも、ほかの子たちよりもたくさんの男が群がり、カメラのシャッターを切った。

だが、その仕事は頭で考えていたよりもずっと過酷だった。

炎天下であろうと、秋風がびゅうびゅう吹く寒い日であろうと、小雨が降ろうと、肌を露出した恰好《かっこう》で笑っていなければならないのだ。寒い日は、青くなった唇に口紅を何度も塗り重ねた。夏の最中は、汗をかかないように水も満足に飲めなかった。

しかも、わずかでも不満げな顔をしたり、疲れた表情を見せることは許されないのだ。ただ、ひたすらに笑顔を見せ続けるばかり。

それだけではない。女の子はただひたすらに消費され、使い古されていく。長く続けても積み重なるものはなにもない。見慣れたというだけで、男たちはわたしにカメラを向けなくなるのだ。

わたしはレースクイーンをやめ、事務所に別のジャンルの仕事を探してくれるように頼んだ。

だが、服を着てしまえば、わたしにくる仕事などそれほどなかった。安い広告の仕事がときどきあるだけだ。

ファッション雑誌などのモデルがやりたかったのだけど、そう言うと事務所の社長は苦い顔をした。

「都ちゃんさあ、ちょっとお水っぽすぎるんだよね。女の子受けしないから無理」

そこで事務所を辞めて、普通に働くことを選べばよかったのかもしれない。だが、わたしはずるずると決断を先延ばしにしていた。

この世界になんとしても残りたいというほどの覚悟もなく、ただ「あと少しだけ頑張ってみる」とつぶやいて。

そんな状態が四年ほど続いた。さすがにもういいかげんに諦めなくては、と思った頃、急に歯車が嚙《か》み合ったように仕事が舞い込みはじめた。

きっかけはブログだった。

三年ほど前から、わたしはインターネットでブログをはじめていた。可愛い犬のブログを目にするようになって、自分も愛犬エルとの日々を綴《つづ》ってみたいと思ったのだ。

エルを飼いはじめたのは、まだレースクイーンをやっていた頃だった。近所の公園でたまたま動物保護ボランティアの里親会に行き当たったのだ。

エルは首まわりと耳だけにふさふさと長い毛の生えた、白い子犬だった。ころころと転がるようにほかの子犬とじゃれていた。あまりに愛くるしくて、わたしは目が放せなくなった。その柔らかい身体《からだ》を大切に胸に抱いて帰ったことをはっきりと覚えている。

仕事がうまくいかなかったとき、エルだけがわたしの支えだった。落ち込んでいても、可愛らしい仕草を見ているだけで慰められた。休みの日は車で一緒にドッグランに行ったり、犬と一緒に泊まれるペンションに遊びに行った。

そんな日々をブログにおもしろおかしく書いた。もともと文章を書くことは好きだったし、アクセス数がだんだん増えることも楽しかった。

それが仕事につながりはじめるなんてまったく思わなかったから、取材の話が舞い込みはじめたときは驚いた。

なんでも、元レースクイーンと捨て犬だった雑種犬という組み合わせがおもしろいと思われたようだった。

ブログは本になり、犬絡みの仕事が急増した。エルと一緒に雑誌に取り上げられ、エッセイの連載もはじめた。エルは物怖《ものお》じしない性格で、お出かけが大好きだったからそういう意味でもラッキーだった。

そう、そういう意味でもエルはわたしの天使だった。エルがいなければ、わたしの歯車はまだ固く錆《さ》び付いたままだったはずだ。

インタビューが終わり、雑誌のスタッフたちは帰って行った。エルにお利口さんにしていたご褒美《ほうび》のジャーキーをやっていると、社長の村上《むらかみ》さんが会議室に入ってきた。豊満ということばが控えめに感じるほどたっぷりとした体型の女性だが、彼女も元はモデルだったらしい。

「ちょっとお、都ちゃんテレビの取材入ったわよ。テレビ！」

「ええっ」

驚くわたしに、社長は有名な動物番組のタイトルを告げた。

「撮影は十日後だからそれまでに肌の調子整えておいてよ。あんたもう若くないんだから」

社長がずけずけとものを言うのはいつものことだ。前はこんな軽口にも、いちいち傷ついた。今なら笑って受け流すことができる。

「はあい、気をつけます」

エルは社長の膝に手をかけて、甘えるように顔を舐《な》めた。わたしの代わりにお礼を言っているように見えた。

エルを連れて、車で一度自分のマンションへと戻った。軽く化粧を直してまた出かけようとすると、エルは身もだえするような声を出して足踏みをした。

「ごめんね、エル。おまえは留守番なのよ」

そう言ってもひんひんと鼻を鳴らして、玄関先までついてくる。少し胸が痛んだ。

だが、今日は恋人の橋本《はしもと》とレストランで食事をする約束をしているのだ。エルは連れて行けない。わたしは一度リビングまで戻った。ついてきたエルをリビングに入れてドアを閉めた。閉じこめられたことに気づいたエルは、いっそう悲しそうに鳴いた。

先ほどのインタビューアーの質問を思い出した。

――もし、好きになった男性が犬嫌いだったらどうしますか?

正確に言うと、橋本は犬が嫌いというわけではない。特に好きでもないようだが。

ただ、エルが橋本を嫌いなのだ。

橋本が部屋にやってくると、いじけた目をして部屋中をうろうろした。普段はだれにでも愛想がいいのに、橋本が撫でようとすると身体を低くして避けた。橋本が部屋にいるときだけ、絨毯《じゅうたん》に粗相をした。

エルは賢い子だから、唸《うな》ったり、歯を剝《む》いたりすることはないけれど、その様子でわかった。橋本が嫌いなのだ。

橋本はそんなエルを見て、ぽつりとつぶやいた。

「なんか責められてるみたいだな」

橋本には奥さんと子どもがいた。もし、そうでなければわたしはエルの反応に対して気楽にかまえることができたかもしれない。

エルの目がなんとなく怖くて、わたしたちは外で会うようになった。セックスもホテルでした。橋本はイベント企画会社を経営していて、お金には困っていない。合い鍵は渡していたが、エルがいるのを嫌って、彼はほとんど部屋にはこなかった。

それでも、なんとなく離れられなかった。

たまらなく好きというわけではないけれど、彼と一緒にいると自分が価値のある女性になったような気がした。

外資系の高級ホテルや、フレンチレストラン、そんな場所で丁寧に扱われるのはとても気分がいい。

レストランで会った橋本に、わたしはテレビの取材の話をした。

「すごいじゃないか」

橋本は自分のことのように喜んでくれたが、そのあとにこう付け加えた。

「でもなんか複雑だな。都ちゃんがどんどん遠くなるみたいだ」

彼はわたしの耳許に口を近づけて言った。

「有名になっても、俺のこと見捨てないでよ」

「馬鹿。きっと出番なんて一分くらいよ」

この業界の厳しさは痛いほど知っているから、楽観的にはなれない。

だが、今やっているエッセイや雑誌での仕事は楽しかった。エルを連れて犬も泊まれるペンションやホテルに行き、レポートなどを書く。普通なら、モデル、犬とそのトレーナー、記事を書くライターが一緒に行かなければならないところを、わたしならば全部ひとりで兼ねられるから、重宝がられた。やっと自分にしかできない仕事、自分の居場所を見つけられた気がした。

食事を終えると、橋本はホテルへと誘ってきた。週末だからわたしもそのつもりだったけれど、先ほどのエルの様子が気にかかるのも事実だ。

「ごめん、今日は帰りたいの」

そう言うと橋本はあからさまに不満そうな顔をした。

彼の気持ちはわかる。わたしだって、週末に彼が早く帰ると不機嫌になる。

「体調でも悪いのか?」

「そうじゃないけど……エルの様子がおかしかったから」

「なんだよ」

彼は子どもっぽくつぶやいた。

「犬と俺とどっちが大事なわけ？」

そのことばのせいで抑えていた疑問がにじみ出す。

――じゃああなたは奥さんとわたしとどっちが大事なのよ。

馬鹿馬鹿しい。わたしはその疑問を踏みつける。彼に奥さんがいることなど最初からわかっていたことだ。そんな時代がかった恨《うら》み言など言うつもりはない。口に出せば、思わず笑ってしまうほど陳腐《ちんぷ》になるだろう。

彼はもう一度繰り返した。

「犬と俺、大事なのはどっち？」

その質問には答えられない。どっちだか決められないなんて言えば彼は怒るだろう。

「馬鹿ね。わかった。じゃあ行く」

そう言うと彼は満足そうに笑った。

男なんて本当に単純だ。


結局、家に帰ったのは午前二時を過ぎた頃だった。

ホテルには泊まらない。どんなに遅くなっても家に帰る。彼には家があり、そしてわたしにはエルがいた。猫ならまだ一晩くらい留守にしても平気だが、犬は孤独を嫌う生き物だ。

もしエルがいなければ、橋本が泊まってくれないことを不満に思っただろう。寂しくてたまらなかっただろう。だから、わたしはエルがいることに感謝する。

玄関のドアを開けて、不思議に思った。いつも玄関先でわたしの帰りを待ちわびているエルがいない。

そういえば、リビングのドアを閉めたのだった。わたしはブーツを脱ぎながら、中に声をかけた。

「エル、ごめんね。今帰ったよ」

リビングに向かい、L字型になったドアの取っ手に手をかける。手のひらに違和感が伝わってきてわたしは戸惑った。

取っ手をまわしてドアを開ける。いつもはすんなり開くのに、粘《ねば》っこいような重さに遮《さえぎ》られた。

エルの身体がドアを塞《ふさ》いでいた。

「どうしたのよ、エル」

そう声をかけようとして、わたしは息を呑んだ。

ぐにゃりと弛緩《しかん》してうずくまった身体はドアに押されてずるずると動いた。こんなことは今までになかった。

「エル？」

しゃがんで抱き起こした瞬間、ありえないような硬さが手に伝わってくる。

舌がだらりと出て、口許が血で汚れていた。

声も出なかった。なにが起こったのか理解するのに、ひどく長い時間がかかった。

エルは事切れていた。筋肉は強《こわ》ばり、すでに冷たかった。

なぜ、どうして。激しい動揺にあたりを見回したわたしは、やっと糞尿《ふんにょう》の匂いに気づいた。

リビングのドアには血が飛び散っていた。

たぶん、起こったのはこういうことだ。

エルは出ていったわたしを追うために、後ろ足で立ってリビングのドアをがりがりと掻いたのだろう。そのとき、ちょうど首輪がドアの取っ手に引っかかってしまった。うちのドアは普通のノブではなく、取っ手がL字型になっているから、そこに偶然首輪が通ってしまった。

首が絞まったエルは、パニックを起こし暴れた。首輪は外れずに、そのまま首を吊《つ》ったような状態になってしまったのだろう。

さきほどドアの取っ手をまわしたとき感じた違和感は、エルの身体の重さだ。

事態を把握すると同時に涙が溢《あふ》れてくる。

どうして、エルを置いていってしまったのだろう。あんなに行かないでと訴えていたのに。今日に限ってどうして、リビングのドアを閉めてしまったのだろう。

エルの首輪は、数日前に買ったばかりのものだった。赤い革でできたもので、つけたとき少しゆるいことには気づいていたのだが、似合っていたから「まあいいや」と思ってしまったのだ。

自分の愚かさに吐き気がした。サイズさえ合っていれば、こんなことにはならなかったのだ。

悪いのは全部わたしだ。涙がぼろぼろとこぼれた。

「ごめん、ごめんね……エル」

さぞ苦しかっただろう。痛かっただろう。

わたしは何度もエルの身体を撫でた。あんなに柔らかくてあたたかかった身体は、別の物質のように小さく縮こまったままだった。

気がつけば、空はすっかり白んでいた。

わたしは放心したまま、ずっとその場に座り込んでいた。心はまだ悲しみでいっぱいだった。

だが、少しずつ起こったことの意味が理解できてくる。身体が小刻みに震えた。

ただ愛犬が死んだというだけなら、悲しみに浸っていればいい。だれもわたしを責めたりはしないだろう。

だが、エルは違うのだ。

ブログの人気や雑誌の仕事のせいで、エルとわたしのことは多くの人が知っている。毎日たくさんのコメントやメールが寄せられた。みんなエルを可愛いと言い、自分の愛犬のようにエルを愛してくれた。犬が飼えないから毎日エルを見て癒されていますというメールも何度ももらった。

そういう人たちはエルの死を知って悲しむだろう。事故の責任がわたしにあることを知れば腹を立てるかもしれない。病死や、それなりの高齢犬の死ならばともかく、エルはまだ五歳にもなっていない若い犬だ。

それでも、普通の人がやっているブログならば、さっさと閉鎖してしまえば、それ以上だれも追うことはできない。犬が死んだというだけで責められることはない。

だが、わたしは顔も本名もブログであきらかにしていた。黙って逃げることなどできない。

それに雑誌の仕事やエッセイの連載もどうなるのだろう。

エルが死んでしまえば、わたしだけで使ってもらえないことは、今までの経験でわかっている。新しい犬を飼ったところで、エルを不注意で死なせたことは大きなイメージダウンになるから、これまでのようにもてはやされるはずもない。

今になってわかる。エルはわたしの未来そのものだった。

せっかく手に入れた自分の居場所も、エルがいなければ失うしかないのだ。

どうしよう。どうすればいい。

耳の中で心音が激しく鳴り響く。

エルがもし、パグや柴犬なら、よく似た犬を探すのはさほど難しくはないだろう。毛色のバリエーションの多いダックスフントだったら、もっと苦労はするだろうが、それでも根気強く探せば見つけられるはずだ。

だが、エルに似た犬などそう簡単に見つかるとは思えない。

小さめのメスの中型犬で、色は白だが、尻尾のあたりはベージュがかっている。なにより、耳と首まわりのふさふさとした毛は、ひとめでわかるエルの特徴だった。ミックス犬特集の雑誌を見ても、エルに瓜《うり》二つの子なんて見たことがない。

それだけではない。子犬でも老犬でもいけない。同い年である必要はないけど、三歳くらいから六歳くらいまでの若い犬で、エルと同じように物怖じしない子。

気が遠くなった。これだけの条件を満たす子でなければ、エルの代わりはできない。

そこまで考えてはっとした。

自分はエルの死を隠し通すつもりなのか。隠すことなどできるのか。

——無理だよ。嘘なんてすぐばれる。

心でそうつぶやいてみた。

——でも、だったらちゃんと言えるの？　エルはわたしの不注意で死んでしまったって。

それをことばに出すことを考えると、背筋が凍り付いた。そのひとことでわたしは、なにもかもを失うのだ。

ようやく運が向いてきたばかりなのに。

膝の上の動かないエルを見ると、また悲しみがこみ上げてくる。だが、先ほどのようにエルのことだけを考えて泣くことはできなかった。

もう見えない明日に怯《おび》えるのは嫌だ。まわらない歯車に苦しむのは嫌だ。

エルに似た子さえ見つかれば、今まで通りすべてうまくいくのに。

わたしはぼんやりと、すっかり明るくなった窓の外を見つめた。

もし、うまくまわりはじめた仕事を諦めれば、エルが戻ってくるのなら、わたしは喜んで諦めるだろう。

だが、そんなことはありえない。エルを失ったのに、これ以上失うのはつらすぎる。

そして、わたしは考えるのをやめた。


いちばん楽なのは先延ばしにすること。

あとで考える、と自分に言い訳して、今のままの状態を続けることだ。だからわたしもそれを選んだ。

ブログも今まで通り、更新し続けることにした。

幸い、エルの写真ならまだ載せてないものが山ほどあった。家と散歩に行く公園での写真に絞れば同じことだし、どんな季節のものも揃《そろ》っている。適当なコメントをつけて、それをアップすればいい。

この嘘はだれも傷つかない嘘だ、と自分に言い聞かせた。エルの死をあきらかにして、喜ぶ人などだれもいないのだ。

エルの身体は、動物専門の業者に頼んで火葬してもらった。念のため、化粧をせず眼鏡をかけてぼさぼさ頭のまま、わたしだということがばれないようにして立ち会った。

エルを連れての仕事だけは全部断るしかなかった。

ストレスがたまったらしく、エルの体調が悪いのでしばらく負担のかかることはやめたいのだ、と言うと、仕事先の人たちは納得してくれた。

もし、最終的にエルに似た犬が見つからなければ、何ヵ月後かに病死したことにするつもりだった。不注意による事故よりも、印象は悪くないだろう。

テレビの取材も白紙になった。おそるおそる、「わたしだけなら」と提案してみたが、あっさりと断られた。やはり、エルがいなければわたしにはなんの価値もないらしい。

雑誌の企画も、いくつも中止になった。わかっていたが、やはり胸は痛んだ。だが、それと同時に、やはりエルの死を隠したのは正解だったとも思う。

エルが死んだとわかれば、仕事はすべて断られたかもしれない。

社長はぷりぷりと腹を立てた。

「あんたねえ。犬を大事にするのもいいけど、せっかくのチャンスを無駄にしちゃ罰が当たるわよ」

そんなことは自分でもわかっている。うまくいかなかった日々の、眠れない夜の重苦しさは身体に刻み込まれている。だからこそ、こうするしかないのだ。

社長には本当のことを話した方がいいかもしれない、と思ったこともある。事務所のスタッフにも探してもらえば、エルに似た犬が見つかるかもしれない。

だが、どうしても口に出すことはできなかった。

わたしはエルが生きているようにふるまった。エルのためにドッグフードやおもちゃを買って帰り、エルの話をした。そうしていれば、本当にエルがまだいるような気分になれた。

エルが死んだことをだれかに話せば、その優しい幻想も終わる。本当のことなど忘れていたかった。

その一方でエルの代わりの犬を必死で探した。

インターネットの里親募集のサイトを毎日すべてチェックした。変装して保健所にも何度も足を運んだ。

エルに似た子は見つからなかった。少し似ていても、よく見れば全然違う。鼻の色、目の大きさ、身体の大きさ。えりまきのような首まわりの毛が特に難しかった。あれのない犬をエルと呼ぶわけにはいかなかった。

二ヵ月経っても、エルに似た子は見つからなかった。社長からちくちく嫌みを言われるようになり、いいかげん腹をくくることにした頃、あの運命のメールが送られてきたのだ。


里親サイトをめぐるのは、すでにわたしの日課だった。

帰宅するとパソコンを立ち上げ、頭の中で思い描いた今日のエルをブログに記録する。それから里親サイトをひとつずつ丁寧に見ていく。祈るような思いで。

その日もエルにそっくりな子は見つからず、失意のままメールチェックをした。

ダイレクトメールや友達からのメール、そしてブログ訪問者からのメールがいくつも届いていた。そのうちのひとつを開いたとき、息が止まりそうになる。

「こんにちは。いつもブログ楽しみに読んでます。エルちゃん可愛いですね。ミックス犬大好きです。先日、エルちゃんにそっくりなワンちゃんを見かけました。ホームレスのおじさんがリアカーに繫《つな》いで一緒に歩いていました。ごめんなさい。ホームレスの犬と似ているだなんてお気を悪くされましたか？　でも本当にそっくりだったんです。可愛がられているみたいで、別に汚くもないし、瘠《や》せてもいませんでした。エルちゃんと同じくらい可愛かったです。リカ」

　わたしはあわてて返信を書いた。

「リカさん、メールどうもありがとうございます。『えりまきわんこといっしょ』の都です。エルにそっくりな犬がいたんですか？　ものすごーく見たいです。さしつかえなかったらどこで見かけたか教えていただけませんか。エルも捨て犬だったから、エルの兄弟かもしれませんね」

　じりじりするような気持ちで返事を待った。幸い、すぐにメールは返ってくる。そこには返事をもらえてうれしいということと、詳細な目撃場所が書いてあった。

　わたしは深い息をついた。

　もし、エルに似た子が見つかってもそれが人の飼い犬なら譲ってもらうことは難しい。わたしだってエルが生きていたとき、いくらお金を積まれても譲ることはできなかっただろう。

　だが、もしかしたら譲ってもらえるかもしれない。エルに似た犬を手に入れるためなら、十万円や二十万円払ってもいいと思っていた。仕事も減ってきているからそれ以上は難しいが、大人のミックス犬ならば過ぎた値段だろう。

　わたしはじりじりするような思いで朝を待ち、聞いた商店街へと車を走らせた。

その日は一日中歩き回っても、そのホームレスに会うことはできなかった。だが、その日からわたしは少し時間が空くたびに、その商店街へと向かった。

機会はすぐに訪れた。

わたしは奇跡を目にしていた。身体が震えた。

エルがそこにいた。エルにしか見えなかった。黒いつぶらな目、尖《とが》った耳とそこに生えた毛、そして豊かなえりまき。エルよりも少し太っていたがそのくらい大したことではない。ダイエットさせればいいのだ。

尻尾のあたりはエルと違って真っ白。でも、これも並んで見比べないとわからない程度だ。後ろ姿の写真さえ撮らなければ気づかれることはない。

年齢はわからないが、年をとっているようには見えない。そして女の子。完璧だ。

ホームレスはリアカーを引きながら歩いていた。エルに似た犬は、面白くもなさそうな顔で歩みを合わせていた。

知らぬうちに心でつぶやいていた。

――エル、ありがとう。

なんとなくエルが引き合わせてくれたような気がした。本当にエルの兄弟かもしれない。

わたしはホームレスに近づいた。深く帽子をかぶっているから顔はよく見えなかった。ぷん、と饐《す》えた匂いがしたが、かまってはいられなかった。

「あの……すみません」

ホームレスはやっとわたしに気づいた。帽子の下から不審そうにこちらをにらみつける。エルに似た犬は、飼い主とは正反対にわたしに向かって尻尾を振った。

気に入られた、と思ってうれしくなる。人懐っこいところもエルと同じ。勇気づけられてわたしは口を開いた。

「すいません。不躾《ぶしつけ》ですけど、お願いがあるんです。その犬、譲ってもらえませんか。お金は払います」

ホームレスの目が急に無関心になった。リアカーを引いて歩き出す。からかわれたと思ったのかもしれない。

わたしはコートのポケットから五万円を出した。彼の目が驚いたように見開かれた。だが、それも一瞬だった。握らせようとしたのに、彼は押し返して歩き出した。

わたしはあわてて追いかけた。

「これで足りなかったらもっと出してもいいです。十万円では？　二十万円？」

だが、彼がこちらを向くことはもうなかった。鬱陶《うっとう》しそうにわたしを押しのけると、そのまま歩みを早めた。

わたしは呆然とそれを見送った。奇跡がわたしの手の間からすりぬけていく。


家に帰るとわたしはベッドにもぐり込んで泣いた。

もし、彼が少しでも金額に心を動かされたような表情をしたなら、希望はあったかもしれない。だが、彼はわたしがお金を出したことに驚いただけだ。その顔でわかった。彼もいくら積まれても自分の犬を譲る気はないのだ。普通の飼い主と変わらない。

ホームレスの中には、何百万と貯め込んだ預金通帳を持っている人もいるという。彼もその類《たぐい》かもしれない。

——仕方ないよ。きっと可愛がっているんだよ。ホームレスの犬にしてはきれいだし、痩せてもいなかった。大切にされているんだよ。

だが、そう考えた瞬間、気持ちは反転する。

——ホームレスの犬が幸せなはずなんかない。あの恰好で獣医に行くの？　フィラリア予防もしてもらってないと思う。ごはんだってどうせ残飯だよ。塩分過多であっという間に病気になって、治療もしてもらえず早死にするに決まってる。

いっそのこと、似た犬が見つからなければ諦められたのに。

その夜、わたしは眠ることができなかった。冴えた目で天井をにらみつけ、考えるのはあの犬とエルのことばかりだった。

ふいに思った。エルはわたしを恨んでいるだろうか。あのとき、置き去りにしたわたしを。ゆるい首輪をつけたわたしを。

だが、すぐに思い返す。恨む、なんて感情はエルの中には存在しなかった。わたしが出ていくときは寂しそうな顔をしたけど、わたしが帰ると後ろ足で立ち上がって飛び跳ねて喜んだ。うれしくてうれしくてたまらないと言うように。

人も犬のように、愛情、それと必要なだけの食物と運動で生きられたらどんなに幸せだろう。

わたしの中にどす黒い汚れたものが生まれて、少しずつ広がっていく。抑えたいのにどうしても押しとどめることができない。

呑み込まれる。

翌日、わたしはまた車に乗って、商店街へと向かった。

昨日と同じ時間、同じ場所でわたしはまたあのホームレスを見つけた。毎日、規則正しく同じ行動を取っているのかもしれない。だとすれば好都合だ。

斜めがけした鞄《かばん》の中には、生の牛肉、エルの鑑札をつけた首輪とリードが入っている。

充分な距離を取って、わたしはホームレスを追った。

首輪さえつけてしまえば、こちらのものだ。わたしは畜犬登録をしているし、マンションの規約でエルの写真も大家さんに提出している。わたしが自分の犬だと言い張れば、それを否定することはできないはずだ。

昨日の今日なのに、ホームレスは無防備だった。犬とリアカーを通りに置いたまま、路地に入ってゴミ箱を漁《あさ》っている。

わたしは素早く犬に近づいた。生肉のパックを鞄から出してラップを剝《は》がす。

犬の目がまん丸になった。おいしそうな匂いがするのだろう。前に置いてやると、ガツガツと食べ始める。

だが、首輪に手をかけようとすると、犬は驚いたように身を引いた。肉は欲しいが、触られるのは少し怖いようだ。唸《うな》ったりはしないが、嫌がっているのがわかる。

このまま無理に首輪を外せば、犬を怯《おび》えさせるだけだろう。わたしは肉を地面に置いたまま、リアカーに結びつけられた紐《ひも》を解いた。

紐を引いて歩き出そうとすると、犬は抵抗した。足を突っ張らせてその場を動かない。

時間がもうない。きっとホームレスが戻ってくる。

わたしは思いきって犬を後ろから抱き上げた。犬ははじめて唸り声を上げた。身体をくねらせて抵抗する。

エルを抱くことには慣れている。わたしは抱き上げたまま走り出した。

腕の中で犬が歯を剝《む》いた。怖いと思ったが投げ出すことはできない。横断歩道を渡って、車を置いた場所を目指した。

犬がわたしの二の腕を噛んだ。最初は警告するように軽く。だが、次第に歯が深く食い込んでいく。

血が溢れて袖を濡《ぬ》らすのを感じた。

泣きたくなったが、それでも走る。小さく犬に話しかけた。

「怖がらないで、なにもしないから」

わかってる。これは誘拐だ。でもその代わり、絶対に幸せにするから。エルの分まで必ず。

犬がぎゃん、と高い声を出した。その声にわたしは怯える。あのホームレスに聞こえるかもしれない。

「お願い、大人しくして」

身を捩《よじ》る犬を抱いて走る。車が見えてくる。ようやくわたしは犬を抱き下ろした。犬はまた座り込んだが、無理に引っ張っていく。

車のドアを開けて、中に入れようとすると、また嚙まれた。手のひらに血が滲《にじ》む。犬は耳を寝かせて、身体を低くしていた。歯を剝いて激しく唸る。

やはり無理だったのかもしれない。傷口に血が玉のように盛り上がっていく。飼い主から無理に引き剝がされた犬が、これほど怯えるとは思っていなかった。

諦めよう、そう思ったときだった。

激しいクラクションと、急ブレーキの音が響いた。それから鈍い衝撃音。

通りの向こうで、車が二台、交差するように衝突していた。どちらかが急にハンドルを切ったようだった。

だれかが叫んだ。

「ホームレスが轢《ひ》かれたぞ！」

「急に飛び出したんだ」

「救急車を早く！」

全身から血の気が引いていく。あのホームレスだ。きっとわたしと犬を通りの向こうに見つけて追いかけようとしたのだ。

戻れない。逃げ道が塞《ふさ》がれていく。叫びたいような衝動を抑え込んで、わたしは通りから目をそらした。

なにかを感じたのか、犬は同じように通りを見つめていた。後ろからまた抱き上げて、後部座席に押し込んだ。

そのまま運転席に乗り込んで、エンジンをかける。噛まれた傷の痛みはなかった。ただ頭だけが氷のように冷えていた。

もう戻れない。だれにも相談することもできない。わたしはどす黒いものに呑み込まれていく。

その日、わたしはだれにも言えない秘密を抱えこんだ。

秘密は白い犬の姿をしていた。

第二章

白い犬はテーブルの下から一歩も動こうとしなかった。

ただ、上目遣いにわたしを見つめて、じっと腹ばいになっている。近寄ろうとすると、鼻に皺《しわ》を寄せて唸《うな》った。

激しく動揺していたせいで、どんなふうに車を運転し、どの道を通って帰ったのか、まったく覚えていない。それでもなんとかマンションに帰り着いて、白い犬を車から降ろした。首輪に結わえ付けられた紐《ひも》を引っ張って部屋まで連れて帰った。

紐を離すと、犬は怯《おび》えたようにテーブルの下に逃げ込んだ。もう三時間も経つのにそこから出てこようとしない。

無理もないかもしれない。わたしはこの犬を誘拐したのだ。無理矢理飼い主から引き離し、知らない場所まで連れてきた。

わたしは、離れた場所から声をかけてみた。

「あのとき、尻尾を振ってくれたじゃない」

はじめて会ったとき、この犬はわたしを見上げて、目を輝かせ、うれしそうに尻尾を振った。心が通じ合ったと思ったのに、今はわたしをいじけた目でにらみつけている。

急に笑い出したくなった。

「そうだよね。こんなことされるなんて思わなかったもんね」

あのとき、この犬がわたしに期待したのは、たぶん優しいことばをかけてもらうこと。「可愛いね」とでも言ってもらって、ちょっと背中を撫《な》でてもらえるかもしれない。そう思って尻尾を振ったのだろう。

エルだってそうだった。ただ、散歩途中ですれ違った人でも、その人が自分を見てくれれば、尻尾を振った。

わたしはよろよろと立ち上がった。ステンレスの食器に水を入れて、テーブルの前に置いてやる。少し考えて、エルの好きだったジャーキーも置いた。犬は鼻をうごめかせることすらしなかった。

くたくただった。嚙《か》まれた傷もずきずき痛んだ。とりあえず、抗生物質の軟膏《なんこう》だけは塗ったが、腫《は》れるようなら病院に行かなくてはならない。

わたしは犬をそのままにして、ソファに横たわった。

エルの夢を見た。

夢の中で、エルとわたしは車でどこかに向かっていた。ドライブが大好きなエルは、まるで笑っているような顔で、ガラスに手をかけて外を眺めている。

ほんの少しだけ開けた窓から、外の空気を感じるように鼻をひくつかせて。

夢の中のわたしは、エルが死んだことも、これが夢であることも全部知っていた。ハンドルを握りながら、鼻水を啜《すす》り上げて泣いた。なのに、エルは昔と変わらない幸せそうな顔で、外の匂いを楽しんでいる。

ねえ、エル。おまえと一緒にずっといたかった。こんなふうに旅をして、おまえの楽しそうな顔を見て、それだけでよかったのに。

自分がどこに向かっているかもわからず、ただ泣きじゃくりながらわたしは車を運転し続けた。

世界の果てまで、エルと一緒に行きたかった。

目が覚めて身体を起こすと、部屋はすっかり暗くなっていた。

眠ったはずなのに、疲労はまだ身体の芯《しん》に重く残っていた。明かりをつけてテーブルの下を覗《のぞ》くと、犬はまた鼻に皺を寄せた。今度は唸りはしなかったが、目はあきらかにわたしを拒絶していて、そのことに少し傷つく。

相手が犬でも、拒絶されると傷つくのだということが、自分でも不思議だった。エルの目はいつも愛情にあふれていた。犬にこんな目で見られたことはない。

ジャーキーは、そのままそこにあった。

位置が変わった気はするから、匂いだけは嗅《か》いだのかもしれない。水も少し減っているように思う。

先ほどの夢を思い出して泣きそうになる。

なんてことをしてしまったのだろう。あのホームレスの人だって、自分の愛犬と一緒にいたかっただろうに。そしてこの子も、あの人と離れたくはなかったはずだ。

自分のことばかり考えて、取り返しのつかないことをしてしまった。

あの事故のことを思い出す。

確かめることはしなかったが、あのとき車に轢《ひ》かれたのは、本当に彼だったのだろうか。

あのタイミングで違うホームレスが道路に飛び出したとは考えにくいから、彼の可能性は高いけど、軽傷で済んだかもしれない。

もしかしたら、今はもうあそこに戻っているのではないだろうか。

この子をあの人に返さなきゃ、と思う。許してくれるとは思えないけど、それでもやはりその方がこの子には幸せだろう。

そう決めると、胸のつかえが下りた気がした。急に空腹がこみ上げてくる。そういえば、朝から緊張してなにも食べていない。

今から料理を作る気にもなれず、カップラーメンを作って食べた。そのあと、ドッグフードの缶詰を犬のために開けてやった。

食器に入れて、テーブルの側に置いても、犬は身動きひとつしなかった。

わたしはできるだけ優しい声で囁《ささや》いた。

「明日、帰してあげるからね」

犬の目から険しさが消えた気がしたのは、きっとわたしの思い込みだ。

翌朝、わたしは車に乗って昨日の商店街に向かった。

犬を連れて行こうかと思ったが、先に確かめておいた方がいい。ただでさえストレスを感じているだろう犬を車に乗せて、無駄足だったら可哀想だ。

その場に犬だけ置いてくることも考えたが、交通事故に遭うことや、保健所に連れて行かれる可能性もある。

もし、あの人が見つからなかったら。何度か浮かんだその考えは、頭の外に追いやった。

少し離れた場所に車を停め、わたしは商店街を歩いた。

端から端まで歩いても、彼の姿はなかった。念のためにもう一度歩いてみても同じだった。

ひどい怪我を負って、まだ病院にいるのだろうか。それとも大変な目に遭ったから、拠点を替えてしまったのだろうか。だとすれば、どうやって彼を捜せばいいのだろう。

あと数日、通ってみよう。そう思いながら、わたしは大通りに出た。

気づかなかったが、昨日、事故があったあたりに花屋があった。ふらふらと吸い寄せられるように足が近づく。

小太りの人懐っこそうな女性が、花の位置を整えていた。わたしは呼吸を整えてから、話しかけた。

「あの、その黄色いチューリップ、五、六本いただけますか？」

「あ、はいはい。ありがとうございます」

彼女は手慣れた様子で、チューリップの花を抜き取った。五本をまとめて、「いかがですか？」と尋ねる。

「あ、それでいいです」

「プレゼント？」

「いえ、家に持って帰ります」

根本をささっと濡《ぬ》れた脱脂綿でくるんで、セロファンでまとめてくれる。わたしは思いきって尋ねた。

「あの……昨日、ここで事故がありましたよね？」

彼女は、手を止めて、大げさな仕草で頷《うなず》いた。

「お客さんも見てました？　もうびっくりしちゃって、心臓が止まるかと思いましたよ」

「ホームレスの人が轢かれたって聞いたんですけど」

「そうそう、このあたりをよくうろついている人でねえ。いつも犬を連れていたけど、あの犬は逃げちゃったのかしら」

汗がどっと噴き出す。わたしは平静を装って微笑《ほほえ》んだ。

「怪我、ひどかったんですか？」

彼女は首を横に振った。声をひそめるようにして言う。

「救急車がきたときにはね、もう駄目だったらしいわよ。一応、病院には連れて行ったみたいだけど」

「駄目……だった？」

彼女は頷いた。いたましそうな顔をしてはいるが、目は噂話《うわさ》の楽しさに輝いている。

「救急隊員が言っていたもの。『ああ、こりゃ、駄目だなあ』って。頭打っていたらしいし、もし助かっても、ひどい後遺症でも残ってしまえば……ねえ」

彼女の口調には言外に、「死んだ方がまだ幸せ」とでも言いたげな様子が漂っていた。吐き気がこみ上げる。

「チューリップ、いいですか？」

「あ、はいはい」

代金を払って、花束を受け取る。わたしは花屋の前を離れた。

まっすぐ歩くのが精一杯だった。動揺は少しずつ強くなってくる。

花屋の女性の口調に腹を立てるなんて、ひどい偽善者だ。もし、あの人が死んだとしたら、わたしが殺したも同然なのに。

車のところまで辿《たど》り着いて、ドアを開ける。叩きつけるように助手席にチューリップを投げ込んで、わたしは車に乗った。ハンドルに突っ伏して目を覆う。

心臓の鼓動が耳の中まで響いていた。わたしは小さくつぶやいた。

わたしが、殺した。


どのくらいそうしていただろう。携帯電話が鳴って、わたしは弾《はじ》かれたように飛び起きた。

電話は橋本からだった。

「はい」

ぶっきらぼうな声で出たせいか、電話の向こうで橋本が一瞬戸惑うのがわかった。

「都ちゃん？　今いいかな」

「うん、大丈夫」

「今日、よかったら食事でもしない？」

そう言われて少し迷った。用事があるわけではないが、とてもそんな気にはなれない。

なにより、あの子を長い時間一匹にしておくのも気にかかった。

「ごめん、今日は少し忙しくて」

「そ、そっか。急にごめん。いつだったら空いてる？」

うれしいはずの誘いなのに、今は鬱陶《うっとう》しさしか感じられなかった。

わたしは感情を隠して明るい声を出した。

「ちょっと今、予定がまだわからないの。来週にでも電話する」

「あ、ああ」

彼はまだなにか言いたげだったが、わたしは気づかないふりをして電話を切った。

彼に相談に乗ってもらいたいとは、少しも思わなかった。

橋本は、イベント企画会社の代表だった。社員は十人に満たないから、さほど大きい会社ではないが、それでもわたしの気持ちがわかるとは思えない。会えば、いつだって自分の業績や、最近の仕事について自慢げなことばかり言う人だった。たとえ、奥さんがいても自分の恋人が、仕事でも有能だと知ることは、わたしにとってもうれしいことだったけれど、今は違う。彼のそんなことばにも、神経を逆《さか》なでされる気がした。

エルが死んだことや、今回の事件のことを話しても、良識的なアドバイスはもらえるかもしれないが、わたしの身になって考えてくれることはないだろう。

また不安がこみ上げてくる。どうしよう。これからどうすればいいのだろう。

ひとついいことがある。

わたしがあの犬を盗んだことは、だれにも知られていない。あのホームレスはわたしが犬を欲しがっていたことを知っていたが、彼はもういない。

隠し通すことは難しくないように思えた。

心が冷えていく。

ひとりの人間を死に追いやったというのに、わたしはまた利己的なことばかり考えている。

心の中で、遠いだれかがつぶやいた気がした。

――どうせホームレスじゃない。

すぐに打ち消したけど、その声は間違いなく自分の声だった。吐き気がする。

わたしはどこまで醜《みにく》くなるのだろうか。

マンションに帰宅して、ドアを開けた。

ぷん、と排泄物《はいせつ》の匂いがした。ひさしぶりに嗅ぐ匂いだった。あの犬を連れてきて、もう半日以上経つ。我慢できなかったのだろう。

廊下に落ちていた排泄物を捨てて、雑巾で床を拭《ふ》いた。脱衣場のバスマットが尿で濡れているのを見つけ、少しうんざりしながらそれを洗濯機に入れた。

犬はまだテーブルの下にいた。置いてあった食器にはまだドッグフードがそのまま残っていた。水の方はなくなっているのも確認して、少しほっとする。

食器を片付けようとしたとき、犬がびくんと飛び退《の》いた。

急に手を伸ばしたから驚いたのだろう。けたたましく吠《ほ》え立てる。

よく聞く犬の警戒吠えとはまったく違う、悲痛な響きが混じる声だった。ひゃんひゃんと高くなったかと思うと、また低く唸る。

――わたしに触らないで、触らないで！

そう言っているように聞こえて、また悲しみがこみ上げる。

「ごめん。驚かせるつもりはなかったの」

傷んでいるかもしれないドッグフードを片付けて、テーブルから離れたのに、犬はまだ吠え続けていた。

犬を飼うことは大家さんに許可をもらっているけれど、それでもよく思っていないマンションの住人もいる。隣人の老人は、過去に何度も、「ペット禁止にできないか」と言い出したことのある人で、ルールを守って飼っているのに、よく嫌みを言われた。

わたしはできるだけ優しい声で、犬に話しかけた。

「ねえ、もうなにもしないから、お願い、黙って」

なのに犬は黙らない。ギャンギャンと鳴き続けている。

急に身体の中でなにかが爆発した。

「いいかげんにして！」

ここ数日間の緊張が一気に噴き出した気がした。

昨日の車の急ブレーキの音、あの花屋の女性の顔、ホームレスの饐《す》えた匂い。なにもかもが身体の中で出口を探すようにぐるぐるとまわっている。

わたしは泣きじゃくりながら、叫び続けた。

「吠えたって、あんたもう帰るところなんてないんだから！　わたしといるしかないんだから！」

犬は驚いたのか、急に静かになった。

「わたしに捨てられたら死んじゃうくせに！」

そう叫んでわたしはうずくまった。涙がぼろぼろとこぼれてくる。やっと気持ちを落ち着けて、テーブルの下に目をやると、犬は身体を縮めてぶるぶると震えていた。

また怯《おび》えさせてしまった。この子はなにも悪くないのに。

わたしは涙を拭《ぬぐ》って、またテーブルを覗きこんだ。犬は上目遣いにこちらを見ながら、少し後ずさりする。寝かせた耳が、怯えを物語っていた。

「ごめん、ごめんね。あんたに怒ったわけじゃないの。怖がらないで」

犬はテーブルの奥から、じっとわたしを見つめていた。


新しいドッグフードを出しても、犬は食べようとはしなかった。

先ほどのように吠えることはなかったけど、まだテーブルの下に隠れている。犬は一週間くらい水だけでも平気だと聞くけれど、それでも不安は拭えない。

わたしは冷凍庫から買い置きしてあった鶏のささみを出した。小鍋に水を入れて、さっと茹《ゆ》でる。

それをほぐしていたときだった。犬がいつの間にか、テーブルの下から出てきていた。

わたしと目が合うと、またさっとテーブルの下に隠れる。

驚きと同時に、安堵《あんと》の気持ちが押し寄せる。

「いい匂い、した？」

もちろん犬は答えないが、そわそわした顔でわかる。まだ警戒心はあるものの、匂いに気を取られている様子だった。

ほぐしたささみを、ドッグフードの上にのせてやる。犬の目がまん丸になり、鼻がひくひくと動いた。

犬を落ち着かせるために、わたしはそっと部屋を出た。

寝室でベッドに横になっていると、ステンレスの食器がかちゃかちゃと鳴る音が聞こえてきた。食べている。

全身から力が抜けていく。食べてくれた。

わたしは両手を強く握り合わせて神様に感謝した。

どうかあの子とうまくやっていけますように。あの子を幸せにできますように。

少しだけ、重い秘密を抱えていることを忘れた。


わたしは犬に、ササミと名付けた。

人前ではササミをエルとして扱わなければならないが、でも、エルと名付けることはできなかった。この子をエルと呼べば、天国のエルが寂しがる気がした。

ササミはわたしにまだ完全に気を許してはいない。触ろうとすると逃げる。

だが、鶏のささみや、鮭の切り身で釣ると、なんとか首輪もつけさせてくれた。外に連れて行くと、おどおどとしながら歩いて排泄もした。少しずつ、わたしとササミの距離は近づいているように感じられた。

だが、ひとつ気がかりなことがある。

ササミは予防接種を受けているのだろうか。一見、健康そうには見えるが、病気を抱えていたりしないだろうか。寄生虫などもいるかもしれない。

早めに動物病院に連れて行かなくてはならないけれど、今まで通っていたところには行けない。慣れた人には、ササミがエルではないことはすぐにわかってしまう。

エルも病院が好きなわけではなかったが、それでも診察台にのせると大人しくしていた。かかりつけの獣医の顔を見ると、尻尾を振って顔を舐《な》めた。

「今日は痛くしないでねって言っているのかなあ」

獣医はそう言って笑った。

ササミがそんなふうに振る舞うとは思えない。

まだ警戒心の強いササミを病院に連れて行く不安はあるが、病院のスタッフはそういう犬の扱いにも慣れているだろうと楽観的に考える。

ササミがわたしを嚙んだのも、結局最初に無理矢理抱き上げたときだけだ。わたしにまだ心を許していないだけで、だれにでも嚙みつく気の荒い犬ではない。

電話帳を調べると、まだ行ったことのない新しい病院を見つけた。そう遠くないから、この先かかりつけにすることもできるかもしれない。

わたしはササミに近づいて、首輪にリードをつけた。まだわたしが近づくと不安そうな顔をするが、それでもリードを見ると逃げない。外に行きたいのだ。

素直に外に出て、駐車場まで降りたササミだが、車のところまでくると、ふいに足が止まった。全身を硬直させて、抵抗する。

はじめて車に乗せられたときの恐怖感が残っているのだろう。

ぺたんと耳を寝かした顔を見ると可哀想で、少し遠いが歩いていくことにした。

リアカーにつながれて歩いていたせいか、ササミはわたしに歩調を合わせてゆっくりと歩く。通りすがりに犬とすれ違っても吠えたりしない。とてもいい子だ。

四十分ほど歩いて病院に着いた。病院は空《す》いていて、そのことにほっとする。混《こ》んでいれば、わたしとエルのことを知っている人たちもいるかもしれない。

新築の建物特有の匂いがした。たぶん開業したばかりなのだろう。

昔は、散歩やドッグランで声をかけられるたびに、誇らしい気持ちになった。なのに、今はまるでみんなに見張られているような気がする。犯罪者のように帽子を深くかぶり、すれ違う人から顔を背《そむ》ける。

いや、間違いなくわたしは犯罪者だ。法律上、ホームレスの死までは、わたしの罪にはならないにしても、わたしはこの子を盗んだ。

「草間さん、どうぞ」

呼ばれて診察室に入った。まだ若い獣医師が、わたしの書いた問診票を覗きこんでいた。

「草間ササミちゃん。健康診断？」

顔をあげてわたしと犬を見た彼の顔が、ぱっと明るくなった。まずい、と思った。わたしを知っている人の顔だ。

「あれ？　エルちゃんでしょ。ブログの」

心臓がまた激しく脈打つ。わたしはどう答えていいのかわからず、ただ曖昧《あいまい》に笑った。

「へえ、この近所なんですか。エルちゃんって本名じゃなかったんですね」

「え、ええ……」

「いつも読んでますよ。エルちゃんがきてくれるなんて、光栄だなあ」

診察台の上のササミは、ラッキーなことにとても大人しくしていた。だが、平気なわけではない。怖すぎて動くこともできないようだ。耳はぺったりと寝かされ、身体は小さく縮こまっていた。

体温を測り、聴診器で心音を聞く。

わたしはそっとササミの背中を撫でた。わたしに触られることをまだ嫌がるササミなのに、今はそれどころではないのだろう。

採血するとき、小さな声でひゃん、と鳴いた。

「精密な検査結果は、また一週間後になりますが、フィラリアの検査はすぐにわかりますので、五分ほど待っていただけますか？」

一緒に、持参した便の検査も頼んで、わたしは待合室に戻った。

ササミは少し腹を立てていた。痛い目に遭わせた、とでも言いたげに、わたしを上目遣いに見た。

「ごめんね。でもおまえのためなのよ」

小さな声で話しかけた。それでも、最初は恐怖しかなかったササミの目に、少しずつ感情が生まれていることがうれしかった。

しばらくして、獣医師が戻ってきた。彼の顔から先ほどの親しげな表情は消えていた。

「草間さん、その子、フィラリアいますよ」

「え……？」

「もう一度、診察室にきてください」

悪い予感が当たった。あのホームレスはフィラリアの予防をしていなかったのだ。もう一度診察室に入ろうとすると、ササミは激しく抵抗した。抱き上げようとすると、ひさしぶりに唸り声を上げた。

獣医師は呆《あき》れたような顔で、こちらを見ていた。わたしは今までブログで、犬の飼い方についていろいろ書いてきた。知識のない飼い主を責めるようなことを書いたこともある。それなのに、わたしがフィラリア予防という、犬を飼う人なら必ずやるべき義務を怠ったと思われているのだろう。

エルが賢くて、言うことをよく聞くこともよく自慢した。それは決して嘘ではなかったのだけど、今のわたしたちを見れば、ただ見栄を張っていたように見えるだろう。

診察台にあがってしまうと、ササミはまた恐怖に全身を硬直させた。獣医師に唸ったり、噛みついたりする余裕すらないようだ。

「腹水はたまっていないようですね。咳《せき》などは？」

「いえ、してなかったと思います」

少なくとも、うちにきてからの数日間は。

獣医師は、ササミを丁寧に診察してから言った。

「注射でフィラリアを駆虫する治療もありますが、予防薬を一年中飲ませて、今いる成虫の寿命を待つのがいちばんいいと思います。五年くらいで成虫は死滅します。その代わり、投薬をさぼればまた新しい幼虫が成虫になり、この子の身体に負担をかけることになります。成虫が心臓に詰まれば、急死することもあるのですよ。ちゃんと続けられますか」

わたしはうなだれて頷いた。

薬をもらい、支払いを済ませて病院を出た。

この子はエルではないと、よっぽど言おうかと思った。今までフィラリア予防薬を与え忘れたことなどない。予防をしていなかったのはあのホームレスだ。

だが、どんな説明をしても不自然になってしまう。この子がエルでないのなら、エルはどこにいるのか。なぜブログにこの子は出てこないのか。とても説明できない。

わたしはこの先も、この子をエルだと偽り続けるつもりなのだから。

またあの病院に行かなければならないのは気が重い。あの医師は、わたしのことをだれかに話すかもしれない。

だが、よその病院に行っても、ササミにフィラリアがいることは隠せない。治療だってしなければならないのだ。そこでもわたしの素性がばれてしまう可能性もある。

考えれば考えるほど気が重く、わたしは何度もためいきをついた。

ササミはそのたびに、わたしを振り返って見つめた。

橋本から電話がかかってきたのは、その日の夕方だった。

エルの死から後、橋本には会うことがひどく苦痛になってきていた。彼と会ってセックスをしていた日に、エルは死んだ。あの日出かけなければ、エルはまだわたしのそばでふさふさとした尻尾を振っていたはずだった。

そう思うと、彼の顔を見るたびに心臓がきゅっと痛んだ。

彼が悪いわけではない。誘いをあまり断るのは申し訳ない気がして、三度に一度くらいは出かけていったが、少しも楽しいと思えなかった。

彼は貧相で、瘠《や》せて見栄っ張りな、中年男に過ぎない。そして彼と一緒にいるわたしも、同じく貧相な見栄っ張りな女だ。

そんなふうに思えて仕方がないのだ。

わたしの気持ちが離れはじめていくことに気づいたらしく、彼は頻繁にわたしに連絡をしてくるようになった。そのことがよけいに、苛立《いらだ》ちに拍車をかけていた。

「今度の日曜だけどさ。ドライブ行かないか?」

日曜に誘われることなどほとんどない。会うのはたいてい平日の夜だ。週末は、家族サービスをするのだろうと漠然と思っていた。

「珍しいのね。奥さんと子どもさんはいいの?」

冷ややかに言ったつもりなのに、彼はそれに気づかなかった。

「いや、あいつの実家の母親と一緒に遊園地に行くんだってさ。俺は一日放免だ」

その機嫌のいい声に苛立ちが募る。わたしはこんなに大変な思いをしているのに。

「ごめん、ちょっとそんな気分じゃない」

電話の向こうで、彼が絶句する気配がした。

いつも、仕事があるとか、用事があるとか言って断っていた。こんなにそっけなく断ったのは初めてだ。

だが、わたしは気づきはじめていた。もうこれ以上、彼と関係を続けるのは無理だ。

「気分じゃないって……具合でも悪いのか？」

「忙しくて疲れてるだけ。心配しなくても大丈夫」

「忙しいって、今おまえ、ほとんど仕事してないじゃないか」

思いもかけないことを言われて息を呑む。

たしかに、エルの死を隠しているわたしには、仕事はほとんどない。だが、彼はどうしてそれを知っているのだろう。

「どうしてそう思うの？」

「おまえのところの社長に聞いたら、スケジュールが空きだって……」

かっと頭に血が上った。橋本と出会ったのも仕事絡みで、だから彼がうちの事務所の社長と仲がいいことも知っている。彼がやっているのはイベント企画会社だから、わたしに仕事を頼むふりをして、スケジュールを聞き出すのは簡単だ。

でも、だからこそそんなことをしてほしくはない。社長は勘のいい人だから、もう気づいているかもしれない。

なによりも、まるで監視されているみたいだ。

わたしが怒りをくすぶらせていることに、彼は気づいていなかった。

「おまえ、浮気してないか？」

「はあ？」

自分でも信じられないほど刺々《とげとげ》しい声が出た。

「浮気ってなによ」

「浮気は浮気だよ。別の男ができたんじゃないのか？」

笑い出したくなる。わたしに別の男ができて、それを浮気というならば、彼とわたしの関係はなんだと言うのだろう。馬鹿馬鹿しすぎて、涙が出そうだった。

「なに言っているの。別の男なんていないわよ」

半分笑いながら言うと、彼は気色ばんだ。

「ごまかすな！」

「ごまかしてない。いないものはいない」

なぜ、こんなどうでもいい会話をしているのだろう。さっきまで、お気に入りのテーブルの下でガムを噛んでいたササミは、びっくりしたような顔でこちらを見ていた。

「じゃあ、なんで誘っても出てこないんだ。この前も電話すると言って、結局してこなかったじゃないか」

彼から電話があったことすら忘れていた。わたしはこめかみを指で押さえた。頭痛がしそうだ。

「忙しいし、疲れているの」

「仕事してないのに忙しいのは、男と会っているからじゃないのか？」

「いいかげんにして、もう切るわよ」

「待てよ。まだ話は終わってない！」

よっぽどそのまま切ろうかと思ったが、それでも我慢する。

「だからしてないって。いろいろあって忙しいのよ。社長から聞いたかもしれないけど、エルの具合も悪いし」

「本当に浮気じゃないんだな。もしそうだったら、許さないぞ」

全身の力が抜ける気がして、わたしは壁にもたれた。

許さないと彼は言った。でも、どうするのだろう。別れるのだろうか。それとも殴るのだろうか。

もし彼の奥さんが、彼に同じことを言ったら？「浮気してたら許さないわよ！」と。

彼は素直に謝ってわたしと別れるのだろうか。

わたしには、だれかに「許さない」という権利もないのに。

「たとえそうでも、あなたには関係ないでしょ」

わたしはそう言って電話を切った。彼に対して、こんなに冷たい声を出したのは初めてのような気がした。

喪失感はあったが、どこかすがすがしさもあった。

彼の存在は少しも心の慰めにはなっていない。別れたってなんの痛みもない。

もう一度電話が鳴ったが、わたしは電源を切った。そのまま彼の電話番号を着信拒否にする。

彼がわたしとの関係を表沙汰にして暴れるなんてことはないだろう。

そんなことをすれば、傷つくのは彼なのだから。

翌日、わたしは夕方から事務所に出かけた。社長から呼び出されたのだ。

「ちょっと出よう」

社長はそう言って、わたしを近くの喫茶店に連れて行った。

簡単な話なら事務所ですませる。彼女がだれかを外に連れ出すのは、いつも言いにくいことを言うときだ。この事務所に入って、もうずいぶんになるから、社長の行動パターンはよく知っている。

わたしの希望も聞かず、ウエイトレスにアイスコーヒーをふたつ頼んで、社長はソファにどっかりと座り込んだ。もともと、彫りの深い美人顔なのに、たっぷりと太っているせいで、それが迫力に変わっている。

煙草に火をつけて、盛大に煙を吐き出した。

「都ちゃん、大事なことわたしに隠してない？」

わたしは息を呑んだ。

「大事なことって、なんですか？」

彼女はむっちりとした膝に、肘《ひじ》を置いてこちらを見た。

「エルになにかあったんじゃないの？」

息が止まりそうになる。わたしは無理に笑顔を作った。

「どうしてそう思うんですか?」

「だって、おかしいじゃない。もう二ヵ月よ。単なるストレスにしては長すぎる。あんた、下積みが長いからわかっているでしょ。仕事なんて、こっちから断ったらもうこないのよ。あんた、今までいくつ仕事を断ったと思っているの?」

わたしは下を向いた。

話したかった。話せばきっと楽になるだろう。

なのに頭の中に、急ブレーキの音が響いた。目をぎゅっと閉じる。

ササミのことをだれかに知られるのが怖い。事故のことを知られたら、それこそもう終わりだ。エルの死どころではない。

わたしは顔をあげた。

「そんなことないです。まだ少し具合は悪いみたいだけど……でも、もうすぐ復帰できますから」

社長はじっとわたしを見つめた。その目から、彼女がわたしのことばを信じているのか疑っているのかは読み取れない。

「じゃあ、二週間後にペンションの取材入っているけど、エルを連れてこられる?」

社長が告げたのは、今までも何度か取材させてもらっていた犬雑誌の名前だった。そこの仕事は一度断っている。たぶん、もう一度断れば、もう次はないだろう。

わたしは頷いた。

「大丈夫です。エルを連れていきます」

ササミの警戒心は少しずつ薄れてきている。撫でられることは相変わらず嫌がるけれど、餌《えさ》を出す手に怯えなくなったし、散歩のときは楽しそうな顔も見せるようになった。あと二週間あれば、もっと仲良くなれるはずだ。

だが、同時に思う。ササミとエルはまるで違う。持って生まれた性質は変えられない。きっと二週間後もササミは車を怖がるだろう。どこかおどおどとした目で、わたしのことを窺《うかが》うだろう。

ササミがエルでないことは、簡単にばれてしまうかもしれない。

それでも、わたしはその不安を心の中に塗り込めた。

社長はまだ疑わしげにわたしを見つめていた。

「じゃあ、受けていいのね」

わたしはわざとらしいほど大きく頷いた。

心の奥で考える。

どうしてササミを連れてくる前に、社長はわたしに訊《き》いてくれなかったのだろうか。エルになにかあったのではないか、と。

そのときならば、わたしは素直に真実を吐き出して、楽になれただろう。重い秘密を抱え込むこともなかっただろう。

虫のいい考えだと思いつつ、わたしは一瞬彼女を恨《うら》んだ。


マンションに帰ってきて、車を降りた。なにげなく駐車場から建物を見上げたとき、違和感を感じた。

わたしの部屋に灯《あか》りがついていた。

電気を消し忘れて家を出たのだろうか。そう考えてすぐに打ち消す。部屋を出たのは昼間だった。灯りをつけているはずはない。

汗がじわりと背中を濡らした。急いでマンションに入り、エレベーターを待つ。

泥棒という可能性もあるが、それよりも別の可能性が高い。

いつもより遅く感じられるエレベーターをじりじりしながら待ち、自分の部屋がある階で下りる。

ドアの前まで走って、鍵を回した。鍵は開いていた。

ドアを開けて、わたしは声をかけた。

「ねえ、きてるの？」

橋本に合い鍵を渡していたことをすっかり忘れていた。ここ一年ほどはまったく使われたことはなかったせいだ。部屋で会わなくなってからも、わざわざ返してくれというのも変な気がして、そのままにしていたのだ。

リビングのドアを開けて、わたしは息を呑んだ。

橋本がこちらをにらみつけていた。押さえた腕からはだらだらと血が流れている。

テーブルの下には、身体を低くしたササミがいた。

「おい！　なんなんだ、この狂犬は！」

彼は怒りに満ちた目で、わたしを凝視した。

ワイシャツの袖が真っ赤に染まっている。ササミが嚙んだのだ。

まだ警戒心が抜けていないのに、知らない男が入ってきて、パニックを起こしたのだろう。もしくは、橋本が触ろうとしたのかもしれない。エルは橋本を嫌っていたけど、触られても逃げるだけで怒ることはなかった。

くる前に連絡をくれれば、こんなことにはならなかったのに。

たぶん、いきなり訪れることで、浮気をしていたらその証拠がつかめると思ったのだろう。

「びっくりしたのよ。泥棒だと思ったんでしょう。それより、どうして勝手にくるのよ！」

「俺は合い鍵を渡されているんだぞ。入ってなにが悪い」

苛立ちがこみ上げる。合い鍵を渡したからといって、いつでも勝手に入っていいと言う意味ではない。彼だってそれはわかっていると思っていた。

わたしたちの口論に刺激されたのか、ササミは悲鳴の入り混じった声で吠えた。

彼は吐き捨てるように言った。

「ひでえ犬だ。こんな犬、保健所に連れて行ってしまえ！」

「あんたには関係ないでしょ！」

ササミは悪くない。ただ恐がりなだけなのだ。

彼は声を荒らげた。

「俺が嚙まれたんだぞ。見ろ、こんなに血が出て……救急車を呼べよ」

「歩けるんでしょ。自分で行きなさいよ」

わたしの返事が信じられないというように、彼は目を見開いた。

「おまえの犬が噛んだんだぞ！」

「あんたが勝手に入ってきたからでしょ」

彼は叫んだ。

「俺と犬とどっちが大事なんだ！」

わたしは笑った。何度もそう聞かれた。今までは嘘ばかりついてきた。でももう嘘をつく必要はない。

「犬かもね」

彼の顔から血の気が引いた。鋭い痛みが走って、頰《ほほ》を打たれたことに気づいた。

同時に彼が声をあげた。

足首にササミが噛みついていた。彼は足を抜いて、ササミを蹴った。

「なにするのよ！」

わたしは彼を突き飛ばした。

彼の足首からは、だらだらと血が流れていた。ササミは、またテーブルの下に逃げ込んで、低く唸り続けた。

「なんだ……こいつ、まるで狂犬じゃないか」

わたしは鼻で笑った。噛みついたササミが狂犬なら、わたしを殴った彼はなんなのだろう。

人は暴力を振るうことが許されて、犬は許されないとでも言いたいのか。

「ここにいたらもっと嚙まれるかもね。帰れば？」

「おまえ……」

彼は真っ青な顔でわたしをにらみつけた。足を引きずるようにして電話に向かう。

「救急車なんか呼ばないでよ。恥ずかしい」

彼は振り返って笑った。嫌らしい顔だった。

「いや違うね。救急車じゃない。警察に電話するのさ」

「警察？」

「知っているか。人を嚙んだ犬は、処分しなけりゃならないんだよ。これからこいつを保健所に連れて行ってやる」

わたしは息を吞んだ。

彼は受話器を取ってプッシュボタンを押した。わたしは彼の手から受話器を奪い取った。

「ちょっと、やめてよ。奥さんに知られてもいいの？」

「ああ、いいね。こんな狂犬、さっさと処分させてやる」

彼はにやにやと笑っていた。わたしの弱点をつかんだような顔だった。

「やめて！」

受話器を取り合って揉《も》み合う。彼は力任せにわたしを突き飛ばした。

倒れた拍子に、キッチンのカウンターで強く頭を打った。

ササミがテーブルの下から飛び出した。また彼の足首に噛みついた。

「うわあぁっ！」

今度は先ほどよりひどく食らいついたのだろう。彼が悲鳴を上げた。

飛び退いたササミを、彼は踏みつけた。ササミがぎゃん、と鳴いた。

「やめてよ！」

彼は血走った目で、こちらを見た。

「もう許さない。絶対に警察に電話する。こんな犬、保健所行きだ」

彼は落ちた受話器を拾い上げた。プッシュボタンに手をかける。

自然に身体が動いていた。カウンターに置いてあった果物ナイフをつかむ。

そのまま彼の背中に突き立てた。


わたしはぼんやりと床に座り込んでいた。ふくらはぎが血で濡れている。

真ん中に彼が倒れていた。絶命していることは、見ただけでわかる。

取り返しのつかないことをしてしまった。本当に取り返しのつかないことを。

涙が頬をつたって落ちた。好きなはずの人だったのに。

いつの間にか、ササミがテーブルの下から出てきていた。ゆっくりとわたしに近づいてくる。

わたしの膝に前足をかけて、そっと口を舐めた。

はじめての、甘える仕草だった。

その背中をぎゅっと抱きしめた。ササミは何度もわたしの口を舐めた。

この瞬間、わたしたちは仲間になった。

第三章

どれほどの時間が経ったのだろう。

わたしは台所でうずくまっていた。

目の前に、彼が倒れている。思ったより血は出ていない。白いシャツの背中は赤く染まっているけど、床に流れるほどではない。

人が死ねば、あたり一面血の海になるような気がしていた。実際には藻掻《もが》いた手の跡が、フローリングの上で、赤茶けた筋になっているだけだ。

「どうしよう……」

どうすることもできないことはわかっているのに、わたしはそうつぶやいた。

自首しなければ。隠すことなどできるはずはない。

立ち上がろうと身体を起こすと、軽い目眩《めまい》がした。床に手をつく。

ふと、背中にあたたかいものが触れた。ササミだった。

今までそんなことをしたことがないのに、ぐいぐいとわたしの背中に身体《からだ》を押しつけていた。振り返ると、鼻先をぺろりと舐《な》められた。

わたしの顔だけを一途《いちず》に見つめる目。また涙が溢《あふ》れ出す。

「どうしよう……どうしよう」

ササミを抱きしめて、ごわごわとした毛に顔を埋めた。体温と獣の匂いが、少しだけ気持ちを落ち着けてくれるようだった。

ササミが不安そうに鼻を鳴らした。わたしは彼女の首筋を撫《な》でる。

「大丈夫だから」

自然に口をついて出たことばだった。ちっとも大丈夫じゃないのに、勝手に唇がそう動いていた。

ササミはまたわたしに身体を押しつけてきた。

ふいに気づいた。もし、わたしが自首すれば、この子はいったいどうなるのだろう。

こんなに臆病で、簡単に人に心を許さないのに、わたしの代わりに引き取ってくれる人がいるのだろうか。

両親と妹は、ペット禁止のマンションに住んでいる。つきあいの深くない親戚には頼めないし、友人もそんなに多くない。

真っ白になっていた頭が少しずつ回転しはじめる。この子を守らなければならない。それなりに幸せに生きていたのに、わたしのエゴで無理矢理連れてきた。ほかに行く場所のないこの子を、不幸にすることはあってはならない。

目をそらし続けていた橋本の身体をじっと見た。

人を殺したことを隠し通すのと、自首して罪に問われるのとではどちらが苦しいだろう。少なくとも、することが決まっている分、自首する方が楽な気がした。

立ち上がったとき、視線が部屋の端にある白い物体をかすめた。

冷蔵庫に付属の冷凍庫ではない、専用のフリーザーをわたしは持っていた。エルには生肉や骨、羊や馬の内臓などを食べさせていた。ネットで安くまとめ買いをするから必要だった。

わたしはフリーザーに駆け寄った。蓋《ふた》を開けて中のものを全部出す。庫内を分けていた仕切も外した。

それから、橋本の身体を抱き上げた。瘠《や》せているのに重い身体を、脇を抱えてずるずると引きずり、フリーザーに近づいていく。

身体を持ち上げて、まず上半身をフリーザーの中に投げ込んだ。それから片足ずつ持ち上げて、中に押し込む。

一度ではうまく入らなかったから、腕をつかんで引っ張り上げて、何度も形を整えた。膝《ひざ》を折って、ぐいぐい押し込む。もう、その物体が好きだった人だなんて、とても思えなかった。

逆立ちのまま、三角座りをさせたような無様な姿で、橋本はフリーザーに収まった。蓋をして、深く息をついた。

これで少しは時間を稼げる。どうやって処分すればいいかは落ち着いて考えればいい。それから雑巾を絞って床を拭《ふ》いた。彼の靴を新聞紙で包んで、ゴミ袋の中に入れた。鞄《かばん》はなく、上着がソファの上に投げ出されていた。ポケットを探って財布や鍵を取り出す。こういうものの処分は慎重にしなければならない。携帯は電源を切った。

身分証明書とクレジットカードをシュレッダーにかけた。お金と財布、携帯や鍵は、明日にでも遠くに捨てに行くつもりだった。

とりあえず、しなければならないことを終えると、わたしはバスルームに飛び込んで、シャワーを浴びた。

身体を洗ったからといって、わたしの犯した罪が消えるわけではない。洗っても洗っても、指からは血の匂いがするような気がした。

それでも着替えて、ベッドにもぐり込むと、全身から力が抜けていく。疲労の代わりに、睡魔が押し寄せてくる。

人を殺したあとに眠くなるなんて、きっとわたしはどうしようもない冷血漢なのだろう。

ササミが寝室に入ってきて、ベッドの下でぺたんと俯《うつぶ》せになった。

今までササミは、テーブルの下でしか寝たことがなかった。そっと手を伸ばして、固い頭を撫でると、気持ちよさそうに目を細めた。

少しだけ、自分の罪を忘れた。


眠りは浅く、夢はぶつぶつと途切れた。なにかが身体の上にずっと重くのしかかっていた。

夢の中でわたしは何度も彼と再会し、そして彼を殺した。同じようにナイフで刺すこともあれば、なにかで頭を殴りつけることもあった。寸前で思いとどまることもあった。そのたびに、思った。

——ああ、よかった、これは夢なのだ。

だが、目覚めて気づく。彼を刺す記憶はあまりにも鮮明で、夢の曇った記憶とまったく違う。夢の記憶は柔らかい泡のように、すぐに溶けて消えてしまうけど、昨日の記憶はしっかりと刻み込まれている。

祖母の言ったことばを思い出した。

——人には身の丈にあった幸せがある。

それは正しい。わたしは愚かで、そして望みすぎたのだ。手の中から消えていくものを放したくなくて暴れて、自分だけではなく人も不幸にした。好きだったはずの人を殺した。隠し通すことができなければ、この後、家族も不幸になるだろう。

不思議なことに、自分が彼を好きだったことだけが、なぜか実感を伴わない。

彼を思って泣いたことも何度もあるし、会えるたびにうれしいと感じていたはずなのに、今となってはその気持ちが思い出せないのだ。頭の中で、大事なパーツが壊れてしまったようだ。

ササミが目を覚ました。大きく伸びをして、わたしの顔を見た。起きていることに気づくと、冷たい鼻を押しつけてきた。

そのパーツがいつ壊れたのかはわからない。殺したから壊れたのか、それとも彼がササミにした仕打ちのせいなのか。

ササミの頭を撫でながらしばらく考えたけど、答えは出なかった。

まあいい。もう今となっては大したことじゃないのだ。

三日後、わたしはササミを事務所に連れて行くことにした。

十日後に、ペンションでの撮影に連れ出さなければならない。外出に慣れさせると同時に、ササミの反応も確かめたかった。

あの事件のあと、ササミはわたしを飼い主と認めたようだった。呼ぶと素直に近寄ってくるし、身体を触ってもいやな顔をしないどころか、自分から甘えてくるようにもなった。散歩で外を歩いていても、急に怯《おび》えて座り込むようなこともない。

車はまだ怖いらしく、乗せようとするとお尻を地面にぺたりとつけて抵抗をするが、それだけだ。優しい声で何度も言い聞かせながらリードを引くと、やがてあきらめる。乗っている間は、ときどき、情けない声でひんひんと鳴いた。

橋本の死体はまだフリーザーの中にある。どうやって処分すればいいのか、名案が思い浮かばない。

靴はゴミに出し、財布や鍵は、遠く離れた公園のゴミ箱に捨てた。携帯は通信カードを抜いて水に漬けて壊し、これも駅のゴミ箱に放り込んだ。上着は紙袋に入れて、電車の網棚に放置した。

彼が家に帰らなくなれば、奥さんが警察に届ける。そこから、わたしに辿《たど》り着くのはどのくらいの時間がかかるのだろう。

彼は誰かにわたしの話をしただろうか。家にわたしに繫《つな》がるようなものを置いていないだろうか。不安は際限なく浮かんでくる。

今となって思えば、写真すら撮らなかったことは幸運だった。

やはり問題は彼の身体だ。もし隠し方がまずくて発見されてしまえば、ことは殺人事件だ。警察も本腰を入れて調べるだろう。そうなれば、簡単にわたしとの関係など暴かれてしまう。

バラバラにすることも少し考えたが、どうしても怯《ひる》んでしまう。人気《ひとけ》のない山奥の、深い池にでも捨てられればいいのだが、そんな虫のいい場所があるとは思えない。かといって、今のままでは危険すぎる。

車を駐車場に入れて、ササミを下ろした。慣れない場所に連れてこられたササミは、ふんふんと空気の匂いを嗅いだ。

事務所のビルに入り、エレベーターに乗る。耳が寝ているから警戒はしているようだが、嫌がることはない。

事務所のドアを開けると、事務の由美香《ゆみか》さんが振り返った。

「エルちゃん、ひさしぶり！」

犬好きの由美香さんは歓声を上げて、ササミに近づいた。ササミはおどおどと、わたしの後ろに隠れる。

「あれ？　エルちゃん、わたしのこと忘れちゃった？」

エルは由美香さんが好きで、いつも挨拶《あいさつ》がわりに飛びついて顔を舐めていた。わたしはあわてて言った。

「ごめんなさい。ちょっと病気してから臆病になっちゃって」

由美香さんはササミの前にしゃがんだ。

「そっか。でも、元気になったんだね。よかったね」

彼女が手を差し出すと、ササミはゆっくり近づいて由美香さんの匂いを嗅いだ。ようやく、怖い人ではないことがわかったのか、自分から彼女に近づいた。

「お、思い出してくれたかしら」

由美香さんは優しくササミの背中を撫でた。

ササミの反応を見て、ほっとする。どうやら、知らない人をさほど怖がるわけでもないようだ。

「あ、エルだ。エル、エル！」

会議室から、モデルのひな子ちゃんが出てきた。ササミを見て顔を輝かせる。彼女もよくエルをかまってくれていた。

ササミは振り返りもしない。はっとする。

ササミは、「エル」が自分の名前だとは思っていない。エルと呼ぶことに抵抗があって避けてきたせいだ。

一瞬、冷や汗が出たが、ひな子ちゃんはにこにこしながら近づいてきた。

「エル、会いたかったよ」

由美香さんで慣れたのか、ササミは今度は逃げなかった。少し警戒しながらもひな子ちゃんに撫でられている。

安堵《あんど》のためいきが漏れた。ササミが吠えたり怯えたりしないことにも安心したが、なによりエルではないことは、だれにもばれていない。

ひな子ちゃんと話をしていたのだろう。くわえ煙草のまま、社長が会議室のドアを開ける。

「あら、エル。元気になったの?」

「ええ、ご心配おかけしました」

彼女は自分の椅子に腰を下ろしながら言った。

「本当、よかったわ。エルはあんたの命綱だもんね」

　一瞬、身体が凍り付いた。

　命綱。たしかにそうかもしれない。エルがいなければ、わたしはこれ以上仕事はもらえない。ずるずるとつかむものがないまま、落ちていくしかないのだ。

　それは自分でもわかっているつもりで、だからあんなことまでして、ササミを手に入れ、ササミを守ろうとしたのだ。だが、それを人から指摘されるのは惨《みじ》めだった。

「わたしはてっきり、エルが死んだかなにかしたのかと思ったわ」

　社長はわたしの表情の変化にも気づかずに話し続ける。

「そんな……」

　乾いた笑いを浮かべて、やっとそれだけ言った。

「え？　だってありえないことじゃないでしょ。うちの友達が飼っていたヨーキーなんて、普通に散歩に行って、帰ってきて急におかしくなって死んじゃったのよ。動物なんて、いつどうなるかわからないわよ」

　そう、それは知っている。知っているのだ。動物だけじゃない。人間だって簡単に死んでしまう。

　気持ちを落ち着けるために、ササミを何度も撫でた。

「だから、本当によかった。来週木曜日だったっけ、ペンションの取材」

「あ、はい、そうです」

「それまで、また体調崩さないようにしてよ。あんたもエルもね」

わたしは作り笑顔のまま頷《うなず》いた。

ふいに思う。わたしが人を殺したと知ったら、いったいこの部屋の何人が味方でいてくれるのだろうか。


帰り道、ササミを行きつけのドッグサロンに連れて行った。

犬に詳しい人が見ても、ササミがエルに見えるのかどうかを確かめたかった。いつも、撮影前にそのサロンにエルを連れていって、シャンプーしてもらっていた。ペットホテルも兼ねていて、何度か預かってもらったこともある。

サロンでシャンプーしてもらうと、エルの襟巻きは真っ白になり、ふわふわと風にそよいだ。

店に入ると、顔見知りのトリマーさんが受付にいた。

「こんにちは。エルちゃんひさしぶり」

ササミは今度は自分から尻尾を振って、近づいていった。

事務所で何人もの人に可愛がってもらい、おやつなどをもらったせいで警戒心が薄れたのか、それとも犬の扱いになれている人だとわかったのか。

「シャンプーお願いしたいんですけど……、ちょっと体調を崩していたせいで、なんだか臆病になってしまったみたいなんです。家で洗うと怖がるんです」

一応、そう前置きしておく。トリマーさんはササミの襟巻きを撫でながら頷いた。

「いきなり怖がらなかったものを怖がるようになる子っていますよね。じゃあ、ゆっくりやらせていただきますね」

そのサロンは付属のカフェでガラス越しにシャンプーやカットの様子を見ていられる。ササミは中に連れて行かれそうになったとき、少し抵抗した。

紅茶を飲みながら、ガラスの向こうを眺める。

シンクに入れられたササミは助けを求めるような顔でこっちを見ている。トリマーさんはシャワーをササミの身体にかけ始めた。ササミの目が大きく見開かれて、口が開く。耳がぺったりと寝ているところを見ると、どうやら怖いようだ。

それでもトリマーさんに歯を剝《む》いたり、激しく暴れる様子はない。シンクから逃げだそうと何度もして、そのたびにうまくトリマーさんに押さえ込まれている。

ふいに、テーブルに置いていた携帯が鳴った。

液晶画面には「非通知」の文字が出ていた。一瞬戸惑ったが、仕事の関係かもしれない。わたしは電話に出た。

「もしもし?」

電話の向こうからはなんの音もしなかった。電波の具合が悪いのかといぶかしみながら、わたしはもう少し大きい声を出した。

「もしもし?」

数秒後、電話はいきなり切れた。

わたしは、携帯の画面をしばらく凝視した。間違い電話だったのだろうか。

じわじわとにじみ出すように恐怖が広がってくる。

今の電話は警告かもしれない。わたしのしたことを知っている人がいるのかもしれない。

気のせいだ。ただの間違い電話だ。そう自分に言い聞かせる。

もし、わたしが橋本を殺したことを知っているのなら、警察に連絡すればいいのだ。無言電話などする意味はない。

ササミは涎《よだれ》を垂らしながら、シャワーをかけられている。意味がないことだと知りながら、わたしは着信履歴を見つめた。

ドライヤーをかけられている間もササミは、石のように固まりながらだらだら涎を流していた。怖くて動けないようだが、とりあえず大人しくはしていた。

ブラッシングを終えて、トリマーさんがササミを連れて出てきた。

ササミの毛は、エルよりもふわふわになっていた。毛の量が多いのだろう。口を一文字に引き結んで、腹を立てているように見えた。ひどい目にあわされたと思っているのかもしれない。

「本当にエルちゃん、水を怖がるようになりましたね。でもいい子でしたよ」

「すみません。逃げようとしてましたよね」

「でも、少しだけですから」

トリマーさんの表情はいつもと変わらない。ササミがエルではないことは気づいていないようだった。

「じゃあ、またきてね。エルちゃん」

彼女はそう言って微笑《ほほえ》んだ。

気を張っていたせいだろう。部屋に帰ると、急に強い疲労を感じた。

ササミの皿にドッグフードを入れてやり、自分は食事も取らずにソファに横になった。視界の端にフリーザーが見えて、わたしはぎゅっと目を閉じた。

いつのまにか、あの白く大きなフリーザーが橋本自身のように思えてくる。

背中を向けていると、橋本がそこに立ってわたしを見据えているような気がしてくる。彼はもう死んでいる。あの中で凍っている。なのに、いつか当たり前のように蓋《ふた》を開けて出てくるような気がするのだ。

かすかな物音にも過敏になり、テレビを観る気にもなれない。

橋本をなんとかしなければならない。彼をどこかにやらなければ、わたしはこのまま気が狂ってしまう。

食べ終えたササミがやってきて、ソファの上に飛び乗る。ぐいぐいとわたしを身体で押して、自分の居場所を確保する。

「ササミ、狭いって」

そう口では言うが、無理には下ろさない。シャンプーしてもらったばかりのササミはいい匂いがして、身体に触れていると安らかな気持ちになる。張り詰めた気持ちがほどけていく。

ササミの身体を撫でながらわたしは目を閉じた。

どれほどの時間が経ったのだろう。少しうとうととしていたのに、インターフォンの音で起こされる。

気のせいかと思ったが、もう一度インターフォンが鳴った。

ササミが、何度か吠《ほ》えた。身体を起こして時計を見ると、十時をまわっている。こんな時間にだれだろう。

いぶかしみながら、インターフォンの受話器を手に取った。

「どちらさまですか？」

「すいません。少しお話があるんですけど」

聞き覚えのない女性の声がそう言った。

「あの……どちらさまですか？」

「橋本千鶴《ちづる》と申します」

記憶の中を辿り、そして血の気が引く。橋本の妻だった。

喉がひどく渇く。わたしは平静を装って言った。

「あの……失礼ですが、よくわからないんですが……」

「夫がそこにいるんでしょ？」

静かだった彼女の声が、仮面をかなぐり捨てたように鋭くなった。

「だれもいません。わたしだけです」

「じゃあ、中を見せて」

「知らない人を入れる理由なんてありません」

「知らない？　嘘ばっかり。言っておくけど、ずっと知ってたわよ。一年以上前から」

息を呑んだ。橋本と付き合うようになったのは、一年半前だ。彼女の言うことが本当ならば、ずっと前から知られていたことになる。

「別に今更浮気を咎《とが》めるつもりはないわよ。彼がそこにいるのならそれでいいの。いないのなら、よそを探さなければならないんだから、中を見せてよ」

「いません。よそを探して下さい」

「見せて。でないと納得できない」

まさかフリーザーの中まで見られることはないと思うが、部屋の中に入れるのはいやだった。だが、この様子では部屋を見せるまでは帰らないかもしれない。

「ここで大声で騒いだ方がいい？　本当にいないのなら、それを確認させてくれれば素直に帰るわよ」

大声で騒がれるのは困る。誰かが警察を呼ぶかもしれない。

「少し待って」

わたしはあきらめて玄関に向かった。ドアを開ける。

廊下には小柄な女性が立っていた。かってに、落ち着いた女性だと想像していたのに、目の前にいるのは人形のような可愛らしい人だった。たしか三十を過ぎているはずだけど、そんなふうに見えない。紺のプリーツスカートと、化粧気のない顔。頬にかかる髪が柔らかくカールしている。

「都さん？　夜遅くにごめんなさい」

少しも申し訳ないと思っていない口調で彼女はそう言った。

「でも、夫が帰ってこないの。心配する気持ちはわかってくれるわよね。あなただって、気になるでしょ」

「それはそうですけど……、橋本さんとは何度かお会いしたことありますし」

彼女はくすりと笑った。白々しい、と顔に書いてあった。

彼女はわたしを押しのけて、部屋に入ってきた。ササミが不安そうな顔でわたしを見ている。吠えようかどうしようか迷っている顔だった。

千鶴さんは、ササミに目をやった。

「あ、エルちゃんね。実物も可愛いわね。こんにちは、エルちゃん」

ササミは少し後ずさりした。千鶴さんは無理にササミをかまおうともせず、そのまま中に入る。リビングを見渡し、それから寝室のドアを無遠慮に開けた。

「ちょっと勝手に覗《のぞ》かないで」

「きれいにしているからいいじゃない。それにちゃんと確かめないとわからない」

次はトイレ、浴室。こちらが啞然《あぜん》とするほど傍若無人に彼女は振る舞った。

リビングを横切って、ベランダも確かめる。

「ほら、いないでしょ」

「本当ね」

彼女はベランダの戸を閉めると、次にクローゼットを開けた。

「もうやめてよ！」

止めようとしたわたしを彼女は軽く突き飛ばした。ササミが吠えた。

「忠犬ね。おりこうさん」

彼女はくすくすと笑いながらそう言った。

起き上がったとき、信じられないものが目に入った。彼女がフリーザーを開けようとしていた。思わず叫んでいた。

「やめてよ。そんなとこにいるわけないでしょ」

蓋を開けた彼女が凍り付いた。大きく息を吐いて、蓋を閉める。

悲鳴が上がると思った。だが、彼女の口は小さく動いただけだった。

「足」

「え？」

「びっくりした。足があるんだもの」

彼女が言おうとしていることに気づく。わたしは彼を逆さまにフリーザーに入れた。蓋を開けて真っ先に目に入るのは足だ。

「最悪。靴下、踵《かかと》のところが透けてる。新しいの買ってあるのに、自分では絶対にかえないんだから」

彼女はそんなことを言いながら、ソファに腰を下ろした。もう一度言う。最悪、と。

身体の震えが止まらない。彼女に見られた。もうおしまいだ。

「わたしも殺して口を塞《ふさ》ごうなんて思わないでね。家にここにくるってメモを残してきたから、わたしがいなくなったらあなたが怪しまれるわよ」

彼女はクッションを膝に抱いてそう言った。わたしは力なく答える。

「そんなこと思ってないわよ」

「だったらいいのよ」

彼女はそのまま考え込んだ。思わず尋ねた。

「警察に連絡しないの？」

「今考えてるのよ」

彼女の返事にわたしは混乱する。なにを考えるのだろう。

彼女はわたしをにらみつけた。

「どうしてこんなことしてくれたの。殺すくらいなら別れればいいじゃない」

正論だ。だが、憎くて殺したわけじゃない。

「衝動的だったの」

「なにがあったの？」

わたしはササミの方を見た。

「あの子が怯えて噛んだの。そしたら、あの人が保健所に連れて行くって……。彼が噛まれたと訴え出れば、噛んだ犬は処分しなければならなくなるし……」

「難しいわねえ。裁判で情状酌量の余地ありと認められるかしら」

「別にそんなつもりで言っているんじゃない」

なにがあったのかと聞かれたから答えただけだ。

不穏な空気に気づいているのか、ササミはぴったりとわたしの足下にいる。

「だいたい、人を噛むなんてしつけがなってないわよ」

「それは認めるわ。でも、事情があるの。この子はうちにきたばかりで、まだわたしにも慣れてなかったの」

彼女は驚いたようにササミを見た。

「エルちゃんじゃないの？」

そういえば、さっきも彼女はササミをエルと呼んだ。ブログを見ていたのかもしれない。

夫の死体を見たのに、彼女はまったく取り乱してはいなかった。

「冷静なのね」

嫌みもまじえて言うと、彼女は肩をすくめた。

「性分なの」

外見だけ見れば、大人しそうで可愛らしい人なのに、人は見かけによらないものだ。

彼女は顎《あご》でフリーザーの方を差した。

「あれ、どうするの？」

「どうするって？」

「あのままにしておくつもりなの？」

彼女の言うことが理解できずに、わたしは目を見開いた。

「どうするもなにも、見つかってしまったんだから仕方ないでしょう」

彼女は頬杖《ほおづえ》をついてわたしを見た。

「最悪。わたしは、愛人に夫を殺された妻というわけね。行方不明や事故の方がよっぽどよかった。娘だってこの先ずっと笑いものだし、会社の信用もがた落ちだわ」

「ごめんなさい」

思わずそう言った。彼女は鼻で笑ってフリーザーを見つめた。

「困るのよ。こんなところで殺されるなんて」

そんなことを言われても、もうどうしようもない。

「殺人事件よりも事故や自殺や行方不明の方が、何十倍も多いのに、なんで殺されるかなあ。しかも完全な被害者ならともかく、愛人に？　この先、わたしもあなたもマスコミの玩具《おもちゃ》ね。あなたはもちろん自業自得だけど」

彼女は苛々《いらいら》と爪を噛んだ。

「年末から来年にかけて、大きなイベントをいくつも抱えているの。もし、このことがマスコミに知られて、スポンサーに手を引かれたら、会社は潰《つぶ》れるかもしれない」

彼女はしばらく考え込んでいた。やがて顔をあげる。

「あなた、あれ、あのままにしておきなさいよ」

信じられないことを言われて、わたしは息を呑んだ。

「あのままって……」

「あのままよ。下手にどこか山奥に捨てたり、ダムに投げ込んだりして死体が見つかれば、絶対にばれる。でも、ここに置いておけばあなたが部屋に人を入れない限りは大丈夫。警察の捜査力はたしかだけど、死体でも出てこない限り動かないのも警察だわ」

わたしは乾いた唇を舐めた。

「あなたはどう言い訳するのよ。会社の人や親戚には？」

「病気でしばらく休むということにすればいい」

「お見舞いにこようとする人だっているでしょ。いきなり姿を消せば、絶対に怪しまれるわ」

彼女はまた少し考え込んだ。

「鬱《うつ》病ということにするわ。ならば、無理に見舞いたがる人もいないでしょ。彼、父親と仲が悪くて、親戚とも疎遠なの。永遠には無理だけど、半年や一年くらいならごまかせる。そのあと行方不明になったと言えば、話のつじつまも合う」

わたしは思わずつぶやいた。

「信じられない」

「それを言いたいのはこっちだわ。それともどうしても警察に行く？　ならばわたしも覚悟を決めるわ」

ことばに詰まった。隠し通したいのはわたしも同じだ。

ササミはつぶらな目でじっとわたしを見上げていた。

彼女は荷物をつかんだ。

「帰るわ。わたしはここにこなかったことにして」

玄関に向かう彼女をわたしは追った。

「待って。本当に警察に言わないの？」

彼女は振り返って、わたしを凝視した。

「あなたこそ、本当に黙っていられる？」

わたしは息を呑んで、自分より背の低い彼女の顔を見つめた。

利害は一致している。少なくとも今は。

「うちの電話番号知ってる？　自宅の」

彼女の質問に首を横に振る。彼とは携帯でいつも連絡を取っていた。

電話の隣にあったメモに、彼女はさらさらと電話番号を書いた。

「私の携帯番号は教えられない。あなたとは会ったこともないということにするから。でも自宅電話なら、あなたが知っていても不自然じゃないでしょ」

不倫相手なんだから。そう言外に彼女は言っていた。

「もし、死体を隠し通せなくなったら連絡して。たとえば、このマンションを追い出されて引っ越さなきゃならないとか」

彼女に言われて気づいた。フリーザーのコンセントを抜けば死体は腐り始める。わたしは引っ越すこともできないのだ。

「地震で停電とかもやばいわね」

そうつぶやくと、彼女は頷いた。

彼女は靴を履くと、玄関まで一緒にきていたササミの頭を撫でた。ササミは少しいやがって身体を引いた。

「娘が犬を飼いたがっているの」

ふいに、そんなことを言う。

「でも、あの人、自分は嫌いだから絶対に駄目だって。あなたにはなんにも言わなかったのね」

「外で会うことが多かったから……」

もう今更取り繕《つくろ》うこともない。わたしはそう答えた。

「でも、ここで会うこともあったんでしょう。合い鍵も持っていたわけだから」

わたしは少し考えて答えた。

「たぶん、わたしは彼の家族じゃなかったから」

彼女はどこか空虚な笑みを浮かべると、ドアを開けて外に出た。


ペンションの取材の日。空は快晴だった。

ササミが車になれていないことを考えて、まだ暗いうちに家を出た。サービスエリアでたっぷりと休憩を取りながら向かう。

予想していたように、ササミはやはり車に酔った。だが、ゆっくり休みながら進んでいくうちに表情が変わってくる。

山が近づいてくること、空気が澄んでくることに気づいたようだった。

目的のペンション「カニシェ」は山の中腹にあった。観光地から離れた少しへんぴな場所だが、広大な土地を使って、川が流れるドッグランや、アジリティスペースなども設けてある。

車を降りると、ササミの目が輝いた。口角があがって、まるで笑っているような顔になる。

ササミを人前に出すことには、まだ迷いがあったが、その顔を見てほっとした。商店街でホームレスと一緒に暮らしていたササミが、山や川で遊ぶことを知っているとは思えない。それでも風の匂いや空気の心地よさはわかるのだろう。

ペンションのオーナーは萩尾《はぎお》さんという、三十代後半の男性で、スポーツでもやっていたような立派な体格をしている。

「どうもよろしくお願いします」

料理担当の奥さんは車で買い出しに行っているということだった。

ペンションのスタッフはほかにふたりほど。夏休みやゴールデンウィークには追加のアルバイトを雇っているという。

カニシェの看板犬は黒とグレー、二頭のスタンダードプードルだった。大きな身体の二頭に挟まれるように挨拶され、ササミは最初戸惑っていたが、すぐに一緒に遊びはじめる。

ササミは犬が好きだ。散歩中に会った犬ともすぐに仲良くなる。人に対しては警戒心があり、すぐに気を許すことはないが、犬はまた別らしかった。

最初に部屋に案内され、ペンションの中をいろいろ見せてもらう。話を聞いている間も、ササミはずっとそわそわしていた。早く外に行きたくて仕方ないようだ。

ちょうどカメラマンもきたので、一緒に外に出る。

ドッグランの中に入ってリードを外してやると、ササミは驚いた顔になった。そういえば、今までドッグランに連れていってやったことはない。外でリードを外されたのははじめてらしかった。

「いいのよ。遊んでおいで」

ボールを投げてやる。最初は、何度も振り返り振り返り、わたしの顔色を窺《うかが》うように遊んでいたササミだったが、二頭のスタンダードプードルがやってきて走りはじめると、やっとここでは自由に遊んでいいことを理解したようだ。興奮したように、ドッグランの中を走り回る。

プードルを追いかけ、体当たりし、反対に追いかけられる。カメラマンはそんなササミの写真を何枚も撮った。

わたしも自分の一眼レフでササミの写真を撮る。ファインダーの中のササミが弾けるような笑顔をしている。そのことがうれしかった。

ペンションから少し離れた場所に、コンクリートの建物があった。三階建てほどの高さで、窓が少なく、箱のような外観をしている。人が住むような建物には見えなかった。

側に立っている萩尾さんに尋ねてみた。

「すいません。あれ、なんですか?」

「ああ、あれ、うちがやっているペット霊園なんですよ」

「ペット霊園？」

　萩尾さんは人懐っこい笑顔を浮かべながら話した。

「去年、うちの常連さんの愛犬が亡くなったとき、その子が好きだったこのペンションの近くに骨を埋めてくれないかと頼まれたんです。それで、思いついて今年からはじめてみたんですよ。景色のいいところで眠らせてやりたいという飼い主さんも多くて、よくお問い合わせいただいています。お墓参りを兼ねて、またうちのペンションに泊まって下さる方も多いですよ」

「お骨を持ってきたら、納めてもらえるんですか？」

　エルの骨はまだ家に置いてある。都会のペット霊園に納める気持ちにはなれなかったがこんな自然の中ならば考えてもいいかもしれない。

「もちろんそれでもいいですし、火葬車も用意してあります。あまり地方は無理ですが、東京なら行けますよ」

　あまりペンションから近すぎると不快に思う客もいるかもしれないが、距離があるからその心配もない。

「前に飼っていた子のお骨があるんです。家に置いているけど、ここはいいですね」

「よろしかったら、パンフレットを差し上げますよ。ご一考下さい」

ササミが走ってきて、わたしの膝に手をかける。喉が渇いたらしかった。ドッグランの隅にある水飲み場で蛇口をひねると、舌を伸ばして器用に蛇口から水を飲んだ。


夕食は、近くの農家の新鮮な野菜と、山で採れたきのこを使ったフレンチだった。奥さんがひとりで作っているというが、レストランのものにも勝るとも劣《おと》らない。

犬用のメニューもあり、ササミには、ラム肉と野菜を煮たシチューを作ってもらった。はじめての贅沢《ぜいたく》な食べ物に、ササミの目の色が変わった。お皿に顔をつっこむような勢いで、あっという間に食べ尽くしてしまう。

そのあとさすがに疲れが出たのか、わたしの食事に興味も示さずに俯《うつぶ》せになり、すうすうと眠りはじめた。

はじめてのササミとの仕事は、大成功だった。明日は帰るだけだし、あとは家で原稿を書けばいい。

これならば、エルとのように仕事を続けることができそうだ。

安心すると同時に、心の奥に引っかかっていた別の不安が浮かび上がってくる。

橋本のことはどうなるのだろう。そう考えたとたん、おいしかった料理が急に喉に詰まった。

千鶴さんはああ言ったけど、彼女の気が変わって、警察に知らせるかもしれない。いや、もしかしてこの前ああ言ったのは、わたしが逃げたり死体を隠したりするのを防ぐためで、もう警察には知らせている可能性もある。

明日朝起きれば、このペンションに警察がやってきて、わたしは逮捕される。

「お口に合いませんか」

顔をあげると、萩尾さんがわたしを覗きこんでいた。目の前で、牛ヒレ肉のステーキが冷めかけていることに気づいて、わたしはあわててナイフとフォークを手に取った。

「いえ、とてもおいしいです。でも、ちょっと疲れちゃって」

「どうぞ、ごゆっくりお休み下さい。それと、これ、昼間言っていたパンフレット」

彼はそう言って、ペット霊園のパンフレットをテーブルに置いた。

メインディッシュと、デザートのフルーツタルトを食べ終えたあと、自家製のハーブティを飲みながら、そのパンフレットをめくった。

先ほどの建物の外観や、中の写真、月に一度、真言宗のお坊さんがお経を上げてくれることも書いてある。

最後のページには詳細な値段表が掲載してあった。

ちゃんと体重ごとの火葬の料金や、出張費のあるなし、お墓を個別にするか、まとめて納めるかの違いが、料金としてはっきり記されている。値段は安いわけではないが、こうやって明解にするのは良心的だ。

火葬料金の欄に自然に目が行く。体重が、十キロ以下の小型犬、十キロから二十キロの中型犬、二十キロ以上の大型犬と分けられている。

その欄外には、こんなことが書いてあった。

「五十キロ以上の超大型犬の火葬も引き受けます」

たしかに、ニューファンドランドや、ロットワイラーなどは体重が人間と同じくらいある。

パンフレットを閉じて、カップを置いたとき、わたしは息を呑んだ。

もう一度、パンフレットを引き寄せて、火葬車の写真を見る。

もし超大型犬の火葬が可能なら、人間の身体を焼くことだってできるはずだ。

わたしはしばらく、そのパンフレットを凝視し続けた。

II

第四章

寝転がって、アイスキャンデーを齧《かじ》っていたら、ケータイが鳴った。

アイスをくわえたまま起き上がり、ケータイを開く。篤《あつし》からだ。

「ふぁい」

そのままくぐもった声で電話に出る。篤が笑うかと思ったのだ。だが、彼は俺の声がいつもと違うことにすら気づいていないようだった。

「エグ、今いいか？」

なんとなく、声の響きがいつもよりシリアスな気がした。俺は口からアイスを離して、座り直した。

「いいよ。なんかあったのか？」

「ダイが警察につかまったらしい」

一瞬で頭が真っ白になった。だが、一方で思っていた。ああ、とうとうきたのだ、と。

「それで？　ダイの奴、喋《しゃべ》ったのか？」

「わからない。でも今のところ、主任のとこには警察はきてないようだ。でも、ダイはいちばん長くやっているから、口座もたくさん知っている。もし押さえられていたらヤバイ。だから、しばらくは仕事はなしだ」

「マジかよ。いつまで？」

「俺がわかるかよ」

そりゃあそうだ。篤は俺と同じ下っ端だ。決めるのは主任だ。

いや、もしかすると主任にも決める権利はないのかもしれない。その上の奴ら、会ったこともない、ニックネームも知らない奴らが決めるのだ。

「ともかく、しばらく大人しくしてろ。目立ったことはするな。主任からの伝言だ」

「了解」

電話を切ると、俺はアイスをもう一度口に含んだ。溶けたアイスで汚れた手をジャージの尻で拭《ぬぐ》い、そのまま窓に近づく。

もしかしたら、窓の外の電柱に刑事が隠れているかもしれないと思ったが、そんなドラマみたいなことはなく、窓の外では主婦が立ち話をしているだけだ。それとも、あの主婦こそが刑事なのか。

俺なんかつかまえても、なんにも知らないぜ。黒幕はもっと上だ。なんてテレパシーを一応送ってみる。

片方のよく太った主婦が、耳の裏をボリボリと掻《か》いた。

俺をつかまえてもなんにもならないが、それでもつかまるのは俺なんだろうな、と思った。稼ぎなんか、ほんのちょっぴりなのに。

がっぽりと稼いだ黒幕たちは、さっさと逃げ出してまた次の商売をはじめるのだ。新しいトカゲの尻尾を調達して。

アイスをシャクシャク嚙《か》みながら、俺はつぶやいた。

「こういうのも格差社会って言うのかねえ」

自分の人生に輝かしい未来が開けていると思ったことなどない。そういう意味では俺――江口正道《えぐちまさみち》はリアリストだ。

ルックスに恵まれているわけでもなく、Ｆランクと呼ばれる大学しか卒業できず、なにか華々しい才能があるわけでもない。そんな自分に人並み以上の幸福が飛び込んでくるとは思えなかった。だから、まあそれなりの人生でかまわないと考えていた。

なにかをやり遂げた人から見れば、「努力が足りないのだ」と言われるかもしれない。たしかに、身を削《けず》るような努力をした覚えはない。

小学校の校庭にあった銅像のように、薪《たきぎ》を背負いながらも本を読み続けたりはしなかった。唱歌の歌詞のように、蛍の光や窓の雪で勉強したわけでもない。だから、死んだあと銅像にしてもらえなかったり、歌になって子供たちに歌ってもらえなくても、まあそれは仕方がない。

だが、それでも人から罵《ののし》られるほど、怠けていたわけでも、愚かなことばかりをしていたわけでもないのだ。

別に不良ではなかったし、両親を泣かせた記憶もない。学校には休まずに通って、退学になるようなこともしなかった。そのときは、まあ平均的な人間だと思っていたのだ。

歯車が狂いはじめたきっかけは、大学四年のときに両親を交通事故で亡くしたことだった。

もちろん悲しかったし、しばらくはなにもする気も起きなかった。だが、そのときは自分をそれほど不運だとは思わなかった。少なくとも、小学生や中学生のときに同じことが起きるよりもずっとマシだ。

一年もすれば、俺は社会に出て自立できるわけだし、両親の口座には葬式代を払っても充分生活していけるだけの貯金は残っていた。生命保険ももらえた。

両親と一緒に住んでいた3LDKのマンションを売ったあと、俺の手元には二千万以上の金が残っていた。

両親の死の衝撃と、ふいに手に入った大金のせいで、俺はすっかり就職活動をする気をなくしてしまった。もちろん、頭では銀行口座に残った金だけで、一生生きていけるわけではないことはわかっていたから、いくつかの企業に願書を出し、試験も受けた。

だがそこを全部落ちたとき、「まあいいか」と思ってしまったのだ。

別に急がなくても、ゆっくりと探せばいい。そのうちに景気も回復していいところが見つかるだろう。そう俺は考えた。

今思えば、両親が死んだタイミングも悪かった。大学一年か二年のときだったら、卒業する頃には衝撃も癒え、貯金だって減っていたはずだから、真剣に就職先を探しただろう。逆に、もう社会に出ていたら、そのせいで仕事を辞めようとまでは考えなかったはずだ。

大学を卒業したあと、俺はしばらく、家でだらだらとしていた。

ネットサーフィンをして、レンタルで借りてきたＤＶＤを観て、友達と遊んだ。このままではいけないことはわかっていたが、少なくともまだ猶予があると思っていた。

そんなとき、一通のダイレクトメールが、俺のメールボックスに届いた。

「FXで月五十万稼ぐ方法」それがそのタイトルだった。

正直なところ、そんなうまい話があるとは信じられなかった。だが、FXという知らない単語が、俺の好奇心を刺激した。

即座にインターネットで検索をして、出てきた説明文を読んだ。

FXというのは外国為替《かわせ》証拠金取引のことで、手持ちの金を証拠金としてレバレッジをかけ、その十倍から百倍近い外貨を買うことができる、先物取引に近いシステムだ。つまり為替の変動によって大きな利益を得ることができるのだ。

もちろんレバレッジを高くすればするほど、リターンだけではなくリスクも大きくなるからギャンブルに近くなる。

だが、それを読んでいるうちに俺は気づいた。

俺には銀行で眠らせている大金がある。もし、それをこのシステムで運用すれば高いレバレッジをかける必要もなく、つまりは少ないリスクで利益を得ることができる。

二倍のレバレッジで、一億近い金が動かせる。つまりドルを買えば、ドルが一円高くなるだけで百万近く稼げることになるのだ。もちろん、為替は逆に動くこともあるから、一円安くなれば百万の損だ。

だが、二千万あれば百万くらい損してもなんとかなる。為替は永久に下がり続けることも、上がり続けることもない。うまく機を見れば、大損をすることはないだろう。

FXで損をしたり、借金を負うことになった人の話も読んでみたが、どれもが高いレバレッジをかけていた例ばかりだった。そんなことをしなければ、外貨預金などとそんなに変わらないのだ。

俺は手数料の安い業者を探して、そこで手持ちの金を動かすことにした。

最初はうまくいった。一日で百万以上儲かるときもあった。もちろん、損をする日もあったが、スワップポイントという金利が入ってくるので、なにもしなくても残高は少しずつ増えていく。

これならば、一生就職などしなくても、これだけで食べていけそうだった。

自分が危うい橋を渡っているという自覚などなかった。世の中にはトレーダーという仕事があり、毎日何億という金を動かして、利益を得ている人がいくらでもいるのだ。自分もそのひとりだと思っていた。

忘れもしない、去年の夏のことだった。

俺はそのとき付き合っていた彼女と一緒に、ハワイに旅行に行っていた。

その間は為替のチェックはしなかった。もともと朝から晩までパソコンに張り付いているようなやり方はしておらず、丸一日チェックしないことだってこれまでにあった。

だが、一週間の旅行を終えて帰ってきて、パソコンを立ち上げ、いつものように業者のサイトにアクセスした俺は、自分の目を疑った。

預けていた金が、一千万近く減っていた。俺がいない一週間のあいだに大きな為替の変動があったのだ。

なんとかして、取り返さなければならない。そう思って俺は、今までより頻繁に売り買いをするようになった。

だが、動かせば動かすほどうまくいかない。為替は俺の思惑とは逆にばかり動いた。のんびりとかまえていたときは、大きな損はしなかったのに、焦れば焦るほど金が減っていくのだ。

気がつけば、残高は十分の一以下になっていた。そうなると今までのレバレッジでは、取り返せない。自然とレバレッジを高くしていくことになる。

深みに少しずつはまっていっていることはわかっていた。だが、熱くなった頭ではまともな思考はできない。

自分が愚かなことをやったことに気づいたのは、業者から取引を打ち切られてからだった。

通帳の残高はゼロになっていた。それだけではない、取引停止されることを防ぐために、俺は消費者金融から金を借りてまで、FXに注ぎ込んでいた。手元に残ったのは三百万近い借金だけだった。

　そのときにやっと気づいたのだ。俺の人生は、皮肉の効いたコメディ映画のようなものなのだと。


　大学を卒業してから、数年間を無駄に過ごした俺へ、世間の風当たりは冷たかった。バイトもしていなかったことを知られると、雇ってくれるところはどこにもない。

　それでも借金は返さなければならない。借りていたマンションを出て、敷金も礼金もいらないという壁の薄いワンルームに入居し、大学時代の友人である篤の紹介で、俺は今の仕事をはじめるようになった。

　それが仕事と呼べるかは微妙だが、とりあえず俺と篤は仕事と呼んでいた。少しでも罪悪感が減る気がしたのだ。

　電話がかかってくると、帽子やサングラスで変装し、コンビニのATMで現金を引き出してくる。それだけの簡単な仕事。

　もちろん、その金がまともな金でないことはわかっている。たぶん、振り込め詐欺とかそういうものなのだろう。だが、騙《だま》すのは別の人間だから、そんなことは考えない。俺の仕事はただ、金を引き出すだけ。

仕事の電話をかけてくるのは、「主任」と呼ばれている男だった。彼から連絡がきて、通帳とカードを預かって出かける。たぶん、ほかにもっと関わっている人間がいるのだろうが、俺たちは主任しか知らなかった。

主任は俺のことを気に入ったらしく、引き出し役だけではなく、もうひとつ別の仕事もまかされるようになった。それも雑用に変わりはないのだが。

ダイは俺たちと同じ引き出し役だった。俺とは真逆で、ダイは悪事に手を染めていることをむしろ誇らしく思っているようだった。

にやにや笑いながら、「どんな奴が騙されてるんだろうな。顔が見たいよ」などと言っていた。

詐欺グループの一員であることが、うれしくて仕方ないようだった。たぶん悪人であることで世間の大部分の人間より賢いような気がしていたのだろう。

だが、俺たちなんて取り替え可能なパーツのひとつでしかない。そういう意味では被害者たちと、そう変わらない。被害者は金を奪われるけど、俺たちは自分自身を差し出している。つかまればこの先前科者として生きていくことになる。

もちろん、俺たちは自分で選んでやっているわけだから、被害者面するつもりはない。

だが、適当に利用されているという点ではまったく同じだ。

つかまるのは間違いなく、末端にいる俺たちなのだから。


急にやることがなくなってしまった。俺はごろりとベッドに横になった。

仕事で稼いだ金は、ほとんど借金返済にあてていたから、手持ちの金もほとんどない。それでも来月の返済日もあり、家賃も払わなければならない。

もし、このまま上の奴らが仕事を再開しなければ困る。

もう飽きるほど見つめた天井を見上げる。締め切っているせいか、壁紙が湿ってきてカビの匂いがした。

前は空いた時間にバイトをしたこともあった。だが、コンビニのバイトでは利息と家賃だけを払うので精一杯で、少しも元金が返せない。かといって、給料のいい引っ越しや宅配便のバイトは一日でへこたれてしまった。身体はすっかり怠惰《たいだ》な生活になれてしまっていた。

就職活動という考えもふと頭をよぎったが、それも一瞬だけだ。

面接で、何度も馬鹿にされたり、鼻で笑われたりするうちに、すっかり俺の心は折れてしまっていた。

夕方には、篤がコンビニ袋を抱えてやってきた。彼も暇を持て余していたようだ。ビールとポテトチップス、カップ焼きそばなどを袋から出して床に並べる。俺はポテトチップスの袋を縦に開けた。

「なあ、ダイの奴、俺たちのこと喋るかなあ」

俺は肩をすくめた。

「喋るだろうな。でもあいつ、俺たちのこと、ほとんど知らないだろ」

もともと知り合いの俺と篤は別として、互いの個人情報は教えないようにと言われていた。知っているのは下の名前とプリペイドのケータイナンバーだけ。

「でも、俺、ちょっと喋っちゃったんだよね。姉貴がいることとか、前、印刷事務所で働いていたこととか……」

「そのくらい大丈夫だろ」

だが、不安なのは俺も一緒だ。なんたって、俺たちはダイに顔を知られている。いちばん重要な個人情報だ。

俺たちは、不安をごまかすように何本もビールを空けた。

酔いで少しずつ頭が濁ってきたとき、俺はコンビニの袋に雑誌がつっこんであるのを見つけた。出してみると、女が読むようなライフスタイルなんちゃらという雑誌だった。

「おまえ、こんなの買ったの？」

「まさか、もらったんだよ。コンビニで」

たしかに売っている雑誌よりはずいぶん薄いし、ぱらぱらとめくってみると大半が広告だ。篤は俺からその雑誌を取り返して、ページをめくりはじめた。俺も横から覗《のぞ》く。とうの立った女優のインタビューや、リフォームのすすめなど、少しも興味をそそられない記事が続いている。すぐに飽きて、テレビをつけた。

深夜番組をザッピングしていると、ふいに篤が声をあげた。

「犬と一緒にイタリアン、だってさ。うわあ、犬になりてえ」

俺は笑った。そういえば、最近テレビでも犬と一緒に泊まれるペンションとか、一緒に入れるレストランとかが紹介されている。そういう犬は間違いなく、俺たちよりもいい生活をしているだろう。

「犬だったらさあ、毎日寝てるだけで飯は出てくるし、最高じゃね。飼い主が美人だったら同じベッドで寝たりしてさあ」

「バーカ、そういう犬はダックスとかプードルとかそういうのだろ。俺たちが犬になったら、絶対保健所行きの雑種だって」

篤は寝転がったまま、雑誌に顔を近づけた。

「でも、こいつ『ミックス』って書いてあるぞ。雑種でも飼い主が金持ちでいい人だったら関係ないんだよな」

「ま、そうだな」

俺も首を伸ばして、雑誌を覗き見た。自分で飼うことはできないが、犬は好きだ。もし可愛い雑種犬の写真があるのなら見たかった。

篤は雑誌をこちらに向けてくれた。おや、と思う。

「篤、それ、ちょっと貸して」

「ん？」

不審そうな顔をしながら、雑誌を渡してくれる。俺はまじまじと犬の写真を見た。

そこに写っているのは、白い中型犬だった。首回りがふわふわとしていて、耳が立っている。

「どうかしたのか？」

「この犬、俺が知っている犬に似てる」

だが、ただ似ているだけだ。俺の知っている犬は、こんな雑誌に紹介されるような犬ではない。ホームレスの飼い犬なのだから。

俺は自分のケータイを手に取って、犬の写真を探した。篤に見せる。

「あ、ほんとだ。そっくり」

俺はもう一度、雑誌を見た。手のひらに、白い毛の手触りがよみがえってくるようだった。


俺がその犬と出会ったのは、主任から頼まれたもうひとつの仕事——口座集めをしていたときだった。

詐欺に使う口座はいくらでも必要だ。一度、警察に口座番号が渡ってしまえば、その口座はもう使えない。主任からホームレスを使って、口座を手に入れるように言われたのは数ヵ月前のことだ。

ホームレスといっても、なにからなにまで捨てたわけではない。銀行口座を持っている者も多いし、免許証や保険証を持っている者もいた。そんなホームレスから、銀行口座を買い取る。身分証明書を持っている者には、新しい口座をいくつも開かせて、それを買い取った。

利夫《としお》さんともそうして出会った。彼は珍しくパスポートを持っていたから、それで口座を開設してもらった。

彼の足下にはいつもナナという白い犬がいた。

利夫さんがナナを可愛がっているのは、ナナの毛並みを見ただけでわかった。ホームレスに飼われているのに、ふわふわと豊かで真っ白だった。

少し臆病なところはあったが、それでも大人しくて穏やかな犬で、俺が撫《な》でてやると気持ちよさそうに目を細めた。

ナナはもちろん、利夫さんの犬で、俺の犬ではない。だが、俺にとってナナは特別な犬だった。

たぶん、その頃の俺は、怯《おび》えていたのだと思う。FXで失敗して金を失ったときに、自分がまともな人生から足を踏み外したことはわかったが、まだそのときはなんとかバランスを戻せば立ち直れると思っていた。

だが、この仕事をはじめてしまえば、それも終わりだ。まともな人生から脱落しただけではなく、自分から闇の入り口に足を踏み入れてしまった。自分で選んだことなのに、俺はそのことに動揺し、怯えていた。

そんなとき、ナナの毛に触れると、少しだけ心のわななきがおさまるような気がした。

だから、俺はときどきナナに会いに行った。ビールや食べ物を持って行けば、利夫さんは嫌な顔はしなかった。ナナが好きだという茹《ゆ》でたささみもよく持って行った。

彼の話では、俺みたいな人間がよくいるのだという。事実、俺と利夫さんがそうやって話をしているときに、別のホームレスが近づいてきて、ナナを撫でることがよくあった。そんなとき、そのホームレスの顔はだらしなく緩《ゆる》んでいた。

たかが一頭の生き物。高価なわけでもないし、飛び抜けて賢いわけでもない。それでもその黒い目に見つめられて、あたたかい身体に触れれば束の間、なにかを忘れる。それは俺だけではないようだった。

だが、あるとき利夫さんとナナはいつもの場所から姿を消した。別のホームレスの話で、利夫さんが交通事故で死んだことを知った。

それから、俺の心にはずっとナナのことが引っかかっている。

主人を失った犬はどこに行くのだろうか。保健所につかまってしまったのか、それとも別のホームレスと一緒にいるのか。もしくは、どこかで優しい人に拾われて、幸せでいるのか。

ナナに会えなくなってから、犬を撫でることもできなくなった。普段、犬を散歩させているのはだれもがまともな人間で、そんな人に声をかけることはできない。

ナナだけが俺を受け入れてくれたのだ。

時計は午前三時を過ぎていた。

俺たちはこんな場所で澱《よど》んで、怠惰に過ごしているのに、時間だけは意味もなく勤勉に動き続ける。いつの間にか、篤は仰向《あおむ》けになっていびきをかいていた。

俺は眠ることができず、また天井を眺め続けていた。ずっと、犬の写真のことが気にかかっていた。

あれがナナだと信じるのも、信じないことも簡単だった。

信じるのなら、ナナは優しい人に拾われて、大事にされている。犬のモデルの仕事をして自分の食い扶持《ぶち》を稼ぎながら、頼もしく生きている。

信じないのなら、そんなはずはないと笑い飛ばす。単にナナに似ているだけだ。人間だって三人は自分に似た人がいるというのだから、似ている犬もいるだろう。

だが、なぜか俺にはどちらもできなかった。ただ、記憶の中のナナと写真の犬を交互に思い浮かべながら寝転がっているだけだ。

こんな生活を続けるうちに、俺の心は病みはじめているのかもしれない。そう思わずにはいられないくらい、この思考は理不尽だった。

俺は起き上がって、先ほどの雑誌を引き寄せた。さっきは写真を見ただけだったが、今回は記事も熟読する。

犬も一緒に入店することのできる、イタリアンレストランの紹介記事だった。たぶん、そのレストランから紹介料でももらっているのだろう。提灯《ちょうちん》記事というやつだ。

犬はエルという名前だと書いてあった。一緒に写っている女は派手な顔立ちをした美人だった。てっきりモデルだと思ったが、エルの飼い主だということがわかる。ペット系のライターと記事では紹介されていた。

俺は軽く舌打ちをした。美人で、しかも華やかな横文字仕事の女。それだけで胸が悪くなる。

学生の頃や、ＦＸがうまくいっていたときは、美人に対してこんな複雑な感情を抱いたことはなかった。いい女は見ているだけで目の保養になるし、そこにいるだけでいいと思っていた。付き合うならきれいなだけではなく、性格もいい女じゃないと困るが、ただ観賞用ならば性格なんて関係ない。

だが、今は違う。美人を見るとまず、どうしようもない苛立《いらだ》ちを感じるようになった。もちろん、いい女が好きか嫌いかと尋ねられれば、好きと答えるしかない。この写真の女が、もし俺に一目惚れして、猛アタックをかけてくれるのならそれは大歓迎だ。少し気が強そうな顔は俺の好みだった。

だが、そんなことはありえない。俺がいくら性欲を滾《たぎ》らせたところで、彼女は俺を一《いち》瞥《べっ》して、すぐに興味を失ってしまうだろう。

サワーグレープ。俺は大学のとき習った英単語を思い出した。すなわち、酸《す》っぱい葡萄《ぶどう》。今の俺は、イソップ童話のあのきつねと同じだ。

ＦＸがうまくいっていたとき付き合っていた彼女――一緒にハワイに行った女も、俺の羽振りが悪くなると、すぐに離れて行ってしまった。しょせん、それだけの関係だったのだ。

それだけではない。美人は美人というだけで恩恵を得られる。金持ちの愛人になることもできるし、水商売の給料は俺のバイト代とは桁《けた》違いだ。そこまでしなくても、男に奢《おご》らせたり、プレゼントをせがむことだってできる。だから、むかつく。

そんなことを考えながら、俺は記事の末尾に目をやった。そこには彼女のブログの紹介があった。「えりまきわんこといっしょ」というタイトルを見ると、犬のことについて書いてあるのに違いない。

俺はすぐにパソコンを立ち上げた。そのアドレスを打ち込む。

ブログはすぐに表示された。メイン記事を読む前にバックナンバーを確かめてみる。ブログは三年以上続いているようだった。

失望がこみ上げる。やはり、この犬はナナではない。ナナなら半年前には利夫さんのところにいたのだから。

ナナでなかったことは残念だが、結論が出たのはよかった。これでこの犬のことを頭から追い出すことができる。

まだ眠くはない。俺は退屈しのぎにそのブログを読むことにした。女はむかつくが、犬はたしかに可愛い。

ブログの中身は他愛もないことばかりだった。犬とドッグランに行ったこと、犬を連れてドライブに行ったこと、犬を病院に連れて行ったこと。だが、それでも写真をうまく交えながら、おもしろおかしく書いてあるため、読んでいて飽きない。

だが、ある程度読み進めたとき、かすかな違和感を覚えた。それまでどの写真を見てもナナに似ていると思っていたのに、ある時点からその印象が消えるのだ。

もちろん姿形はナナに似ている。身体の大きさも、首元だけがふさふさした白い毛並みも。だが、ナナに似た犬と思えても、ナナだとは感じられない。

もう一度、最近の記事に戻って確かめてみる。やはり最近の写真はナナに見えた。

何度も見比べているうちにわかった。表情が違うのだ。時期の古い記事の犬は、天真爛《らん》漫《まん》で、いかにもやんちゃそうな顔をしている。目をきらきらさせて、大きく口を開けて、常に笑っているような顔をしている。

だが、最近の写真は違う。上目遣いの、少しおどおどとした目。うれしい顔のときも少し口を開けるだけで、前の写真のようには笑わない。記憶の中のナナもこんな表情だった。

しばらく写真を眺めているうちに思い出した。ナナの耳の内側には北海道の地図のような灰色の色素沈着があった。利夫さんは北海道の生まれだという話を、その耳を指さして聞かされたから間違いない。

まず、古い写真から耳が大きく写っているものを探し出す。その犬の耳は白く、ほんのり血管のピンクが透けて見えるだけだ。色素沈着などまったくない。

続いて、最近の写真を探す。新しい写真の方は数が少ないから、耳だけが写ったものはない。代わりに画質のよさそうなものを画像編集ソフトで開いて、耳の部分を拡大してみることにした。

そんな作業をしながら、俺は心の中で自分を笑っていた。この犬がナナに似ているというのはたぶん、ただの偶然だ。ナナかもしれないと考えるのは空想が過ぎるし、このブログの犬が途中で替わっていると考えるなんて、すでに妄想の領域だ。

これで、耳になんの変化もなければ、もうパソコンを終了して寝よう。そう思って、俺は拡大のボタンをクリックした。

その犬の耳には、灰色の島のような色素沈着があった。

朝がきて、目を覚ました篤に、俺はまっさきにその話をした。

一笑に付されるものだとばかり思っていたが、予想に反して彼は目を輝かせた。

「それって、金の匂いがしねえ？」

「金の匂い？」

「もしさ、その犬が本当にホームレスの犬なら、そいつから金を脅《おど》し取れるかもしれねえぜ」

そんなことは考えていなかった。

「どうやって。利夫さんは死んでいるし、たとえその犬がナナだとしても、拾ったんだと言われたらそれでおしまいだろ」

「だからさ、おまえがそのホームレスから犬を譲り受ける約束をしていたんだ、とか言ってさ」

篤は上目遣いになってしばらく考え込んだ。

「まあ、そんな多額はむりだろうけど、数万くらいなら……さ」

たしかに可愛がっている犬には情が移っているから、それを返せと言えば少しくらいは脅し取れるかもしれない。

「でも、もし、『あら、じゃあどうぞ』って言われたらどうするんだ。俺、犬なんか飼えねえぞ」

「まあ、そのときはそのときだ。『明日引き取りにきます』と言って、そのままもう顔を出さなければいい。それに」

篤はマウスを動かして、彼女のブログを表示した。

「見ろよ。アクセス数も多いから、かなりの人気ブログだ。このブログがこの女の仕事のきっかけになったのは間違いないと思う」

彼は、そう言いながら「これまでの仕事」というところをクリックした。

これまで彼女が書いてきた雑誌の記事が紹介されている。たしかに、いちばん古いものも一年半前、つまりもともとペットライターをやっている女がブログもはじめたのではなく、ブログをやっていたからペットライターの仕事がくるようになったということだ。

別窓でほかのページを開いていた篤が低く唸《うな》った。

「もとレースクイーンだってさ。たしかにスタイルいいねえ」

プロフィールの欄には犬を連れて立つ彼女の、全身写真が使われていた。ミニスカートにブーツを履いた足がすらりと長い。上半身だけの写真より、彼女の魅力がよくわかる。

彼女自身もそれを知っているから、わざわざ全身写真を使ったのだろう。そう思うと、また苛立ちがこみ上げる。

篤は彼女の写真に見とれるのをやめて、話を元に戻した。

「だからさ、たぶん前の犬は死んだんじゃないか。でも飼い犬が死んだと知られたら、いろいろ外聞が悪いから、似た犬をどっかから探してきて、同じ犬のふりをしているんだよ」

そこまでは考えていなかった。だが、犬が替わっている理由の説明としてはそれがいちばん納得できる。

「しかし、だとしたらもっと取れるかもしれないな。ライターってどのくらい儲かるものなのかな」

篤の目がぎらぎらとしはじめる。

主任が言っていた。詐欺で大事なのは、相手がどのくらい出せるのかを見極めることだと。

ひとりで用意できないほど多額の金を要求してはならない。もし本人をうまく騙すことができても、金を用意するためにほかの人間に相談すれば、そいつが詐欺だと気づくかもしれない。

反対に少なければいいのかというと、そうでもないのだ。相手から正常な判断力を奪うことが勝負の決め手だ。自分で用意できるぎりぎりの金額は、相手を激しく動揺させる。心拍数を上げてしまえばこちらのものだ。

「そんなには儲からないだろ。大手出版社の記者ならまだしも、フリーのペットライターが実入りがいいとは思えないけどな」

「そうだな……でも、二、三十万だったらいけるんじゃないか」

頷《うなず》きかけて、俺は気づいた。

「でも、それって恐喝だろ。ヤバいんじゃないか？」

俺はもう一度、女の写真を見た。このまま、仕事が再開されなければ来月の家賃も払えないし、借金の返済日も近づいてくる。金になることならば、多少の悪事は仕方がないのかもしれないが、どうも踏ん切りがつかない。

ＡＴＭの引き出し役ならば、雇われて言われたことをやっているだけだと、自分を納得させることができた。俺がその仕事をしなくても、別の奴がやる。被害者が減るわけではないと。

だが、自分で恐喝をするとなると、また話は別だ。一線を越えるような気がした。

篤はにやりと笑った。

「なにを今更」

その顔を見てわかった。結局、その一線はもう俺の遥か後方にあって、とっくに踏み越えていたのかもしれない。

その日、俺は彼女にメールを書いた。草間都というのが彼女の名前だった。

彼女が今まで仕事をしたことがない大手出版社の名前を騙《かた》り、「新しく犬の雑誌を創刊するから執筆してほしい」と書いた。少しは怪しまれるかと思ったが、返ってきたメールにはまったくそんな様子はなく、ケータイの電話番号まで記されていた。

俺の知らない業界だが、どうやらこんなふうにメールで仕事の依頼をするのは、さほど珍しいことではないようだった。

会う約束をする段階になって、「草間さんの最寄り駅までうかがいます」と言ってみると、彼女はあっさり最寄り駅と、その近くのドッグカフェを教えてくれた。住所がわからなくても、最寄り駅がわかればこれからの仕事が便利になる。

そう、俺はまた「仕事」と呼んでいる。いちいち、「恐喝」だなんて考えていられない。

篤が記者のふりをして、都に近づく。ドッグカフェにはエルも連れてくるだろうから、俺が偶然通りがかったふりをして、「ナナ！」と呼ぶ。もし、ナナならその声に反応するはずだ。

うまくいけば、相手にも恐喝と思わせないように事を運べるかもしれない。

これも主任が言っていたことだが、うまい詐欺というのは、最後まで被害者に詐欺にあったことを気づかせない詐欺らしい。向こうは金を払って満足し、こちらは金を手に入れて満足する。そういうこともあるのだと、彼は言っていた。

それと同じように、話を進めることができればいちばんいい。

俺たちは車でドッグカフェの入り口まで行った。待ち合わせの少し前から、そこで都がくるのを待った。

彼女がくるのは、通りの向こうの方からでもわかった。

背が高く、おまけに美人で垢《あか》抜けているから目立つ。思わずつぶやいた。

「ああいう女は、俺たちのような仕事はできないな」

篤もそれを聞いて笑った。

「コンビニで金を下ろしているだけで、何人もの男が彼女のことを覚えているだろうからな。ま、もっともあの容姿をうまく使った詐欺の方法もたくさんあるぞ」

「ハニートラップってやつか」

「そうそう、俺の女だったら、いくらでも稼がせる方法があるって」

彼女の足下には白い犬がぴったりとくっついていた。やはりナナに見える。彼女はこちらを向くことなく、店に入っていった。

篤が車から降りた。

「行ってくる」

俺は頷いた。十分ほどしたら、俺も車を降りて店に入る。

一瞬、思った。都はもしかしたら、心の優しい女なのかもしれない。

自分を引き立てることを考えれば、アフガンハウンドや、もしくは可愛らしいチワワでも連れていた方が絵になるはずだ。

なのに、彼女はナナのようななんの変哲もないただの雑種犬を可愛がっている。

俺はあわてて、その考えを頭から振り払った。相手に同情したり、共感するのはいちばんまずい傾向だ。

たぶん、そんなのもただのポーズだ。犬を金づるにして、仕事をしているだけだ。俺はそう考え直した。

そろそろ頃合いだ。俺は車を降りた。幸い、そのドッグカフェにはペットショップも併設されていた。犬連れでなくても怪しまれることはなさそうだ。

一通り店の中を見てまわったあと、俺はカフェスペースに近づいた。

篤と都は奥のテーブルにいた。細いジーンズの足を組んで、コーヒーを飲む都と、仕事を忘れているのか、でれでれ鼻の下を伸ばしている篤の姿が目に入る。

その足下に、白い犬は大人しく伏せていた。

最初に俺に気づいたのは犬だった。はっとした顔になり、伏せの姿勢から起き上がってお座りする。

尻尾がぱたぱたと揺れ、口が少し開いた。その顔が言っていた。

「ひさしぶり」と。

その顔を見ただけでわかった。間違いなくナナだ。店にはほかにも人がいるのに、ナナは俺だけを見ていた。

俺が近づくにつれて、ナナの尻尾の揺れは大きくなる。終《しま》いには立ち上がり、うろうろとしはじめた。ひんひんと甘えるように鳴く。

「こら、エル。大人しくしなさい」

都が篤との話をやめて、ナナを叱《しか》った。だが、ナナが俺を見て喜んでいることに気づくと、彼女の顔色が変わった。

俺はテーブルに近づいた。

「あれ、ナナ？　ナナだよな」

ナナは、ぴょんぴょんと飛び跳ねると、後ろ足で立ち上がって俺の腹に手をかけた。あきらかに親愛の情をしめす仕草だった。

俺はしゃがんでナナを撫でてやりながら、都を見上げた。

「えーと、この子ナナですよね。利夫さんの飼ってた。もしかして、利夫さんの身内の方ですか？　利夫さん事故で亡くなったんですよね」

彼女の顔からすっと血の気が引いた。

「な……なんのことですか？　この子はエルです。子犬の頃からわたしが育てました。他の人に飼われていたことなんかありません！」

「え、でも、この反応、ナナだと思うけどなあ。ね、ナナ？」

名前を呼ばれると、ナナはうれしそうに尻尾をぱたぱたと振った。

「この子、人懐っこいんです。だれにでもこうなんです！」

都はナナのリードを引いて、俺から離しながらそう言った。すかさず篤が言う。

「そうですか？　俺には全然そんなことしてくれなかったけどなあ」

彼女の顔が強ばった。俺と篤の顔を見比べる。

「なんですか。あなたたち……」

「いや、俺、この犬が知っている犬にそっくりなので声をかけただけですけど」

都はすっと立ち上がった。ナナのリードを持ったまま、伝票を掴《つか》む。

「すいません。佐藤さんでしたっけ。このお仕事は受けられません。失礼します！」

激しい口調でそう言うと、彼女は店を出て行った。

篤が後を追おうとするのを止めた。

あまりにも反応が激しすぎる。たぶん、彼女は後をつけられることを警戒して、まっすぐ家には帰らないだろう。ここで、尾行などして気づかれたら、間違いなく彼女はもっと警戒する。

最寄り駅とケータイの電話番号はわかっている。今のところ、それで充分だ。

彼女には少し安心してもらわなければならない。俺がただの通りすがりの人間で、自分が動揺しすぎただけだと考えてもらわなければならないのだ。

篤は俺の顔をちらりと見た。

「これ、もしかして俺が考えていたより、大きな仕事になるかもしれねえな」

俺は頷いた。今まで、まさかそんな可能性までは考えたことはなかった。だが、彼女のあの反応を見れば、ただごとではないことはよくわかる。

もしかすると、あの女が利夫さんを殺して、犬を奪ったのかもしれない。

純血種ではない雑種で、似たような犬を探すのは難しい。ナナのように首のまわりだけふわふわとした毛が生えている犬はほかに見たことがない。

ほかに代わりがなければ、なんとしてでも手に入れたいと思うかもしれない。しかも利夫さんはホームレスだった。普通の人間よりも殺すことに罪悪感は感じにくいかもしれない。

頭に、彼女が利夫さんを道路に突き飛ばす光景が浮かんだ。

篤が俺を見て笑った。

「エグ、あの女、俺たちより、ずっと悪人かもしれねえぞ」

第五章

不思議に思っていることがある。

駄目な人間というのは、もともと駄目に生まれついているのか。それとも、まともに生きられる可能性もあったのに、ぐずぐずと溶けて崩れて駄目になってしまうのか。

俺よりももっと悲惨な境遇に生まれても、努力して立派な人間になった奴もいることを思えば、もともと俺は駄目に生まれついているのだとあきらめてしまうほうが容易《たやす》い。

電車などで、赤ん坊を見るたび、俺は顔を覗《のぞ》きこんでみる。

普通なら人の顔をじろじろ見ると、睨《にら》まれるか、下手な相手だと殴られることもあるが、赤ん坊だとそうはならない。母親も、俺みたいなのが覗きこんでいても、嫌な顔をせずに赤ん坊の顔を見せてくれる。

俺の顔を不思議そうに見上げる赤ん坊もいれば、にっこり笑って手を伸ばしてくるのもいる。

俺は思うのだ。こいつは大人になったら、立派な人間になるのか。それとも駄目人間になって、俺みたいに犯罪の片棒を担ぐことになるのか、と。

確率を考えれば、俺が今まで顔を覗きこんだ赤ん坊のうち、ひとりくらいは犯罪者になっても不思議はない。人殺しまではしなくても、万引きくらいはするだろうし、もしかしたら痴漢になるやつもいるかもしれない。犯罪者にはならなくても、世を拗《す》ね、部屋に引きこもったまま出てこなくなる子もいるだろう。

なのに、どの赤ん坊の顔を見ても、そんな薄汚い存在になりそうな奴はひとりもいない。みんな、柔らかそうで善良で、清潔に生まれついている。

ここからやり直せば、俺も少しはマシな存在になれるだろうか。

俺と篤は手分けして、草間都という女について調べることにした。

篤はパソコンと図書館を使って、彼女の情報を集め、俺は利夫さんのことを知っているホームレスたちに話を聞き、彼女と利夫さんとの関係を調べる。

分業というにはあまりにも労力の差がある気がしたが、篤に「そのホームレスのことを知っているの、エグだけじゃん」と言われてしまえば、それ以上抗議できなかった。

利夫さんがどのあたりを住処《すみか》にしていたか、ということは教えられるが、それでもホームレスたちは警戒心が強い。まったく初対面の篤よりも、何度か会ったことのある俺が行った方が、話を聞き出しやすいのはたしかだ。

そろそろ寒さが厳しくなってきている。俺はダウンコートを着込み、使い捨てカイロをいくつも鞄《かばん》にねじ込んだ。ホームレスと仲良くなるのには、夏は冷えたビール、冬は温かいカップ酒に限るが、話しかけるとっかかりとしてはカイロを渡す手もある。もちろん、煙草も必需品だ。

夜になるのを待って、利夫さんが毎日うろついて、残り物などを手に入れていた商店街に向かう。

十時を過ぎたばかりなのに、並んでいる店はほとんどシャッターを閉めてしまっていた。コンビニエンスストアの灯りだけが煌々《こうこう》と眩《まぶ》しい。ここの商店街は夜が早い。

歩いていると、すぐに顔見知りのホームレスに会った。たしか、コータローさんと言った。どんな字を書くのかは知らない。

彼はシャッターにもたれながら、コンビニ弁当を食べていた。

最近は管理が厳しくなって、ゴミ箱にも鍵がかけられ、賞味期限切れのものを手に入れるのも難しくなっていると聞くから、買ったのかもしれない。

て食べ続ける。

「よう、コータローさん」

声をかけると、彼はちらりと俺を見上げた。なにも言わずに、すぐに視線を弁当に戻し

て食べ続ける。

　俺のことを忘れているというよりも、覚えてはいるが特に関心はないといった様子だ。

　俺は近くにあった自販機で、熱い缶コーヒーを二本買った。それを飲みながらコータロ

ーさんが食べ終えるのを待った。

彼は、意外にもきれいに箸《はし》を使って、コンビニ弁当をご飯粒さえ残さずに食べた。

彼の目の前に、もう一本の缶コーヒーを差し出す。

コータローさんは少し苦々しい顔で、コーヒーを受け取った。

「なんのようだ」

「別にたいしたことないけどさ。ちょっとお話ししようよ」

彼はちっと舌打ちをした。

そういえば、彼は何度か頼んでも、絶対に口座を売ってくれなかった。口座を開くこと

も拒んだ。同じホームレスで、金を欲しがっている奴を紹介してくれたりと世話にはなっ

たが、彼自身は詐欺の片棒を担いでいる俺を軽蔑《けいべつ》しているのかもしれない。

彼はコーヒーを一口飲んで、吐き捨てるように言った。

「いい若いもんが、働きもせず、俺たちみたいなのに関わってるんじゃねえよ」

「働かせてくれるとこ、ねえんだもん」

嘘ではない。まともな働き口は面接で落とされる。コンビニのバイトだけでは借金は返せない。

そう言いながらも、俺は気づいている。

きつい肉体労働や、不快な仕事ならば見つからないわけではないのだ。働けないから、詐欺の片棒を担いでいるというのは、単なる言い訳だ。

だが、世の中の多くの人間は空調の効いたオフィスで、雑談しながら簡単な仕事をして、給料をもらっている。そのしわ寄せを受けたくないと思うのは、単なるわがままだろうか。

まあ単なる世捨て人であるコータローさんが、人を食い物にして生きている俺よりもましな人間であることは間違いがない。

俺はコータローさんの隣に腰を下ろした。彼の嫌な顔は、とりあえず気にしない。

「最近、利夫さんのことをときどき思い出すんだよね。利夫さん亡くなってどのくらい経つっけ」

コータローさんが、おや、という表情になった。利夫さんの話になるとは思わなかったのだろう。

「半年くらいだ。早いな」

「早いかなあ。結構経ったような気がする」

コータローさんはふっと鼻で笑った。

「若いうちはな。時間の経つのが遅いんだよ。俺らくらいになると、半年くらいすぐだ。おまえらの二週間くらいみたいなもんだ」

「そりゃあ、言い過ぎだろ」

「おまえも歳《とし》をとればわかる」

歳といっても、コータローさんはせいぜい五十代というところだろう。利夫さんだってたしか六十くらいだった。若くはないが、老人という歳ではない。

「利夫さんの遺体ってどうなったの？」

「知らん。ホームレスなんかしょっちゅう死ぬ。どこかの共同墓地にでも埋葬されたんだろう」

「利夫さんの飼ってた犬覚えている？」

「ナナか。賢い犬だったな」

「ナナはどこに連れていかれたの？　保健所？」

彼は首を横に振った。

「それも知らん。仲間で、ナナを探した奴がいたらしいが、見つからなかったらしい。事故の起きた場所にもいなかったし、救急車がきたときも姿はなかったそうだ」

「ナナを探した？」

「ああ、利夫が死んだらナナをもらう約束をしていた奴がいる。犬はあたたかいから、一緒にいると冬が過ごしやすい」

ナナと利夫さんはいつも一緒にいた。事故の時だけ離れ離れになるというのは考えにくい。

俺はポケットからコピー用紙を取りだした。都の顔をブログからプリントアウトしたものだ。

「この女と、利夫さんが一緒にいるところって見たことある？」

写真を見ただけで、コータローさんは乾いた笑いを漏らした。

「こりゃあ、俺らと縁のないタイプの女だろ」

たしかに俺だって、いきなりこの写真の女と利夫さんが知り合いだと聞いたら、間違いなく驚く。だが、ナナは彼女のところにいる。無関係とは考えにくい。

利夫さんは自分が死んだらナナを人にあげる約束をしていた、というのは初耳だ。たしかにホームレスをしていれば、明日自分がどうなるか不安になるだろう。病気になっても病院に行けるわけではないし、冬、凍死してしまうことだってある。そのとき、ナナが保健所に連れて行かれることがないように、気を回していたのかもしれない。

これで彼女が利夫さんからナナを譲り受けたという可能性は消えた。

コータローさんは、ぐらりと身体を揺らしながら立ち上がった。

「利夫の話なら、河原にいるアキオに訊けよ。あいつがいちばん利夫と仲が良かった」

「そのアキオさんが、ナナをもらう約束をしていた人?」

「おう」

彼は全財産を入れた紙袋を持って歩き出した。後を追って、もう少し話を聞こうかと思い、少し考えて止めた。もし、収穫がなければ、また別のだれかを捜せばいい。


商店街を出て、しばらく歩くと河原に出た。十一時を過ぎているから、ダウンを着ていてさえ、身を縮めるくらいに寒い。息が白く凍った。

利夫さんもこんなところでナナを抱いて眠っていたのだろうか。

もし、今の仕事を続けることができなくなったら、俺もホームレスにでもなろうかと思ったこともあったが、それはそれで厳しそうだ。

橋の下に段ボールハウスがいくつか並んでいる。たぶん、そこにアキオさんがいるのだろう。ここらにもきたことがあるから、顔を見れば覚えているかもしれない。

底の薄いスニーカーでさくさく草を踏むと、冷気が足の裏から忍び寄ってくる気がする。

段ボールハウスに近づくと、中からホームレスが顔を出した。こちらをきっと睨《にら》み付ける。俺はコンビニの袋を見せながら笑った。

「アキオさんいる？」

中にはくる途中に買った、おにぎりや総菜やカップ酒が入っている。出てきた男は一度段ボールハウスの中に引っ込んだ。入れ替わりにもうひとりの男が出てきた。

顔が髭《ひげ》で覆われているから、年齢はわからない。だが、意外に若い気がした。四十代か、もしかすると三十代かもしれない。今まで会ったことはない。

「だれだ？」

「コータローさんに聞いてきたんだ。利夫さんの知り合いなんだけど、利夫さんのことについてちょっと聞きたいことがあるんだ」

知人の名前がふたり出たせいか、彼の顔から警戒心が消えた。

段ボールハウスから出て、こちらにくる。

「これ、差し入れ」

コンビニの袋を渡すと、彼は相好《そうごう》を崩した。すぐにカップ酒の蓋《ふた》を開けたところを見ると、相当酒好きらしい。話を聞くのも簡単そうだ。

いかにもおいしそうに安酒を一口飲んでから、彼は言った。

「利夫さんは、可哀想なことをしたな」

「うん」

たぶん、俺のことを利夫さんの身内かなにかと勘違いしたのかもしれない。まあ、なにも嘘を言っていない。勘違いするのなら、そっちの勝手だ。

近くにあるベンチに並んで腰を下ろした。尻が冷たかったがそれを言うのは気がひけた。

「ナナのことなんだけどさ。コータローさんから聞いたけど、ナナがいなくなったって本当？」

「ああ、探したんだが、どこにもいなかった。あいつのことだから、利夫さんの側から離れないんじゃないかと思ったんだが……。まあ事故のせいで、人も集まってきたし、利夫さんは救急車で運ばれるし、逃げちまって、だれかに拾われたんだろうな」

「保健所につかまったという可能性は？」

アキオは首を横に振った。

「一度、この近くの保健所に見に行ったんだ。だが、ナナみたいな犬はいなかった。まさか違う区まで行っちまったということもないだろうし……」

　だいぶ信用されてきたようだ。俺は、そろそろ本題に入ることにした。

「あのさ、こういう女の人が利夫さんと話しているの、見たことない？」

　アキオは写真を街灯に照らして見た。

「知らねえなあ。こんな美人なら、見たら絶対覚えているんだが」

「だよなあ」

　そういう意味では、都に関する聞き込みは簡単だ。

「でも、こんな垢抜《あか》けた姉ちゃんが、利夫さんと関係あるわけないだろう」

「それがそうでもないらしいんだよ。この女、利夫さんの知り合いらしい」

　なぜか、アキオがあ、という形に口を開けた。

「利夫さん、なんか言ってた？」

「いや……決まったわけじゃねえけど」

「なに？　なんでもいいから教えてくれないかな」

　彼は残っていたカップ酒を飲み干して、熱い息を吐いた。

「娘、かもしれないと思ってさ」

「娘？」

その発想はなかった。俺は利夫さんの四角くて平らな顔と、彫りの深い都の顔を交互に思い浮かべた。

「いや、あってるかどうかはわかんねえぞ。でも、利夫さんが自慢してたんだ。俺の娘は別嬪《べっぴん》なんだって。みんな信じてなかったけどな」

だが、ありえない話ではない。たまにテレビにアイドルや歌手の親が出てくることがあるが、両親とも美形のこともあれば、なぜこの親からこんなに美少女が？　と思うときもある。

「でも利夫さんは言ってたよ。『俺、こんなになっちまったから、なかなか娘には会えねえ』って。まっとうな仕事をしているから、会って失望させたくないってさ」

「ふうん……」

娘ならばナナを譲り受けてもおかしくはない。

だが、それならなぜ、都はあんなに過剰な反応を示したのだろうか。

少し考えて、それにも説明がつくことに気づく。元レースクイーンの美人ライターの親がホームレスだったとしたら、それを隠したいと思うのも当然だ。ナナと、彼女の前の犬、エルが似ているのも、同じ親から生まれた姉妹犬だった可能性もある。

「ま、単なる可能性だよ。だいいち、この女、全然利夫さんに似てないしさ」

「まあね」

だが、可能性としてはゼロではない。それならば全部説明がつく。

アキオは身震いをした。

「もういいか。酒で温まったうちに寝ちまいたいんだ」

「うん、ありがとう」

去っていくアキオの背中を見ながら、「銀行口座持ってる？」と聞いたほうがいいのか、と少し悩んだ。

まあ、その仕事は今は開店休業中だ。


帰って、熱いコーヒーを飲みながら、都のブログを遡《さかのぼ》って読んでみる。

「帰省した」というようなことは書いてあるが、実家はどこかも書いていないし、親の話なども書かれていない。

犬についてのブログだから、それ以外のプライベートな話は控えめにしているのか、それとも都会的なイメージを崩さないようにしているのか。どちらにせよ、ブログからは決め手になるような情報は得られない。

だが、読んでいるうちにあることに気づいた。

前の犬のときも、ナナらしき犬に替わってからも、同じ公園で写真をよく撮っている。わざわざ毎日、遠くまで行くとは思えないから、彼女の家の近くにある公園だろう。

この前のことで警戒はしているだろうが、それでも犬を飼っている以上、散歩に行かないことは不可能だ。

クリックして最近のエントリを見る。

頻度は落ちているが、この前ドッグカフェで会ったあとも更新は続いている。家の中、垢抜けた白いレザーのソファで、ナナが腹を出して眠っている写真があった。

ちくり、と胸に痛みが走った。

少なくとも、俺はナナのこんな姿を見たことはない。

眠るナナはときどき見たけど、いつも身体を丸めて鼻を自分の毛の中に埋めていた。路上生活ではここまでリラックスすることなどなかっただろう。

昨日の河原の寒さを思い出した。

犬は寒さに強い生き物だが、それでもあの暮らしが厳しくなかったはずはない。暖かい部屋で眠れることは、ナナにとってもよかったのかもしれない。

もちろん、都が利夫さんを殺してなければの話だ。

考えれば考えるほど、その発想はあまりにもありえないものに思えてくる。たかが、一匹の犬のために人を殺すはずはない。これだけの美人だ。ブログをやめても、男に頼って生きることだってできるし、美貌を活かした仕事もたくさんあるはずだ。

なんだか、急に馬鹿馬鹿しくなって、俺はマウスを投げ出して、仰向けになった。

ケータイが耳許で鳴っている。俺は目を開ける前に手探りでケータイをつかんで、引き寄せた。

「はい」

「なんだよ。まだ寝てるのかよ」

篤の声がした。重い瞼《まぶた》を開けると、カーテンの隙間《すきま》から日差しが部屋に差し込んでいる。時計を見ると、もう二時だ。昨夜、朝方までネットサーフィンをしてしまったせいで、眠りこけてしまったらしい。

俺はゆっくりと起き上がった。コタツで寝てしまったから、節々が痛い。風邪を引いたかもしれない。

「で、なんかわかったか?」

「んー、今のところはなにも。一応、昨日利夫さんの知り合いに話聞いたけど、だれも知らないってさ」

娘かもしれないという話は今のところ伏せておいた。俺がそうではないかと考えるだけで、確証はなにもない。

「なんだよ。頼りになんねえな」

「そういう篤はどうなんだよ」

「こっちも真面目にやってるっつーの」

そう言うからにはなにもまだ見つかっていないのだろう。

「真面目にやってるだけで誉められるのは、ガキのときだけ」

笑いながら言ってやると「うるせー」と返された。

本当に子供のときが懐かしい。毎日学校に行けば皆勤賞で表彰されたし、勉強はそんなにできなくても、元気な子はそれだけで誉められることもあった。

まあ、今はガキの世界もそれなりに世知辛くなっているのかもしれないが。

「まあ、今日は国会図書館まで行ってくるよ。ネットでなんとかなるかと思ったが、やっぱり不十分だな」

おや、と思う。篤は昔から何事に対してもぐうたらだ。俺みたいに借金まみれというわけでもないのに、コンビニのバイトさえ続かずに、結局俺と同じように銀行の引き出し役——出し子——をやっている。だが、草間都のことにはやけに積極的だ。

言っていたように金の匂いを感じるのか。それとも、あの手の美人を見ると、いたぶりたくなってしまうタイプなのか。

そういう気持ちは俺にもないとは言えない。美人と不美人、どっちに親切にしたいかというともちろん美人だ。

だが、一方、きれいで鼻持ちならないタイプの女は、高い場所から引きずり下ろしてやりたくなるのだ。

俺はコタツから足を出して座り直した。変な姿勢で寝ていたせいか、まだ足が痺《しび》れている。

「エグは今日どうするんだよ」

「んー、まあもうちょっと話聞いてまわってみるよ」

本当は、彼女が犬をよく連れて行っている公園を探してみようと思っていたのに、口から出たのはまったく違うことばだった。自分がどうして嘘をついてしまったのかがよくわからなかった。

「そっか。まあ頑張れよ」

そう言って電話は切れた。

俺はケータイを投げ出して、コタツの上のコンビニ袋を引き寄せた。昨日帰りに買ってきた袋入りのパンとパックのお茶を出して、朝食にする。羽振りがよかったときは、うまいものもいろいろ食ったが、最近ではこんなふうにただ流し込むだけの食事ばかりだ。

それでもたいして不満を感じないのだから、あの頃も粋がっていただけで、味なんてちっともわかってなかったのだろう。

ただ食べている時間がもったいないから、パソコンを起動した。検索サイトの地図サービスにアクセスし、都の最寄り駅を入力した。

すぐに地図が表示される。

篤はネットだけでは不十分だと言ったが、それでもないよりはずいぶんいい。地図をいちいち買わなくても、簡単に調べられる。

大きな公園は近くにふたつあった。少し範囲を広げても三つ。ここを順番にまわれば、彼女に会えるかもしれない。

篤の車を借りれば楽だが、電話をかけ直すのも面倒だ。国会図書館に行くと言っていたから、使うかもしれない。俺は電車で向かうことにした。

常識的に考えれば、犬の散歩は一日二回。会える確率を考えれば、朝か夕方だ。

寒気が少しする。

それまでもう一寝入りすることにして、俺はまたコタツへ潜り込んだ。


都に会えたのは、三日後だった。正確には、都とナナに、だ。

ブログの写真に写っている公園は、最初にきたときにわかった。いちばん駅から近い公園だった。散歩道の花壇も動物をかたどった遊具も、写真とまったく同じだった。

その公園だけに絞って待ち伏せしてもよかったが、警戒した彼女がいつもの公園を避ける可能性も考慮して、三箇所の公園を時間をずらしながら巡った。

少し遠方の広い公園は、まわりに新築マンションが多いせいか、小さな子供がうじゃうじゃいた。犬を連れた人もいないわけではなかったが、多くはない。

都がいつも散歩にきている公園は、逆に犬の散歩が多く、子供は少ない。自然と棲《す》み分けがされているのかもしれない。

その日は、この冬いちばんの冷え込みだった。「冬日」とテレビの天気予報が言うのを朝、耳にした。

よっぽど出かけるのをやめて、家で寝てようかと思ったが、薄い壁の安アパートにいたって寒いのは同じだ。むしろ電車の中の方が暖房は効いているし、歩いているうちにあたたかくなるだろう。俺は朝八時に自分の部屋を出た。

ラッシュアワーの電車に揺られるなんて、何年ぶりのことだろう。大学生のとき、一時限目の講義にはラッシュの電車に乗らなければ間に合わなかった。一年生のときは、必修科目が多く、仕方なく朝早く家を出たが、二年、三年と歳を重ねるうちに一時限目の授業は避けるようになった。

そのあとは朝九時からはじまる仕事には就いていない。ひさしぶりに殺人的ラッシュに揉まれると、もう一日働いたぐらいにぐったりした。日本のサラリーマンはずいぶん我慢強い。

もっとも我慢強くなければサラリーマンなどできないのか。

そうやって、都の最寄り駅に辿《たど》り着くと、俺は犬の多い公園に直行した。

いつもは歩いていれば暖かくなるのに、なぜか今日は腹の底から冷えるようで、歯がかちかちと鳴った。

もう今日は適当に流して、さっさと部屋に帰ろうと思ったときだった。

ちょうど正面から、都とナナが歩いてくるのが見えた。彼女はサングラスをかけ、白いダウンジャケットにジーパンというあっさりした恰好《かっこう》をしていたが、公園にいるほかの人たちよりもあきらかに華やかだった。

スタイルがいいせいか、それとも着ているものが高級品なのか。

ちょうど同じ道を歩いているから逃げ場がない。俺は帽子を深くかぶって、顔を隠した。

彼女はナナに話しかけながら、ゆっくりと歩いている。ナナも何度も彼女の方を見上げている。

当たり前の犬と飼い主の姿だった。もういいじゃないか、と心の中で俺が言う。

もし、都がナナをどんな形で手に入れようと、今ナナは楽しそうにしている。たとえ都の正体をつきとめても、俺がナナを飼えるわけじゃない。

アキオはナナを喜んで引き取るだろうが、暖かい部屋の中で腹を出して寝ることを知ったナナが、段ボールハウスに戻っても、果たして幸せだろうか。

じゃあ、なぜ自分がこんな寒い思いをして、彼女を追いかけているのか。自分でもよくわからなかった。

都は俺に気づかなかった。そのまますれ違いかけたとき、ナナが足を止めた。

口がにっと開いて、尻尾がぶんぶんと振られた。

まずい、と思う間もなく、ナナは俺に飛びついてきた。だが、なぜかそのとき世界がぐらりと傾《かし》いだ。

気がついたときには俺は地面にしゃがみ込んでいた。

貧血でも起こしたのだろうか。ひどい吐き気がした。ナナが俺の手をぺろぺろと舐《な》めている。都はどこにいるのだろう。立ち上がろうとしたが、うまく身体が持ち上がらない。

俺に気づいて、ナナを置いて逃げたのだろうか。まさか。

そう思ったとき、細いジーンズの足が近づいてくるのが見えた。ペットボトルのミネラルウォーターが差し出された。

そういえば、さっき清涼飲料水の自動販売機の前を通った。買いに行ってくれていたのだろうか。

俺はペットボトルを受け取った。冷たいのに、なぜかそれが気持ちいいと思った。

「ちょっと、あなた大丈夫？」

彼女の、少しハスキーな声がそう言った。

「たぶん……」

正直なところ自信がない。風邪気味だとは思っていたが、いつの間にか本格的に風邪を引いていたようだ。

昔は健康が取り柄で、寝込んだことなどなかったが、そういえば最近は菓子パンやコンビニ弁当ばかりでろくなものを食べていない。思っていたよりも身体が弱っていたのかもしれない。

彼女は俺の腕をつかんで立たせた。並ぶと身長は同じくらいだった。彼女の足下はスニーカーだから、ヒールを履いたら抜かれる。こんな状況なのに、そんなのんきなことを考えている自分が不思議だった。

「とりあえず、ベンチで休む？」

「ほかにどんな選択肢がある？」

「公園の外に出たらマクドナルドがあるわ。そこまでなら連れていってあげる。ササミを連れて入れないから、外までだけど。もしくはここで、放り出すか」

「ベンチにしてくれ」

暖房の効いた場所に行きたい気がしたが、そうすると都は立ち去ってしまうだろう。公園のベンチならば、少しは一緒にいてくれる気がした。

俺の予想通り、彼女は俺を座らせてその隣に座ってくれた。ナナは、俺の膝《ひざ》に手をかけて、目をまん丸にして覗きこんでいる。

「あなた、この前、ドッグカフェにいた人でしょ。偽の編集者さんの仲間」

かってす」

「偽だとわかったのか？」

言ってから、しらを切り通せばよかったことに気づいたが、もう遅い。

「あのあと、そこの出版社に聞いてみたの。犬の雑誌を創刊する予定があるって本当ですかって」

その先は聞かなくてもわかる。もちろん、返事はノーだったわけだ。

「なんでそんなことしたの？　私になんの用なの？」

続けざまにそう言ってから、彼女はぷいと顔を背けた。横顔の彫りが深くて、美しかった。

「まあ、あなた具合悪そうだから、今日はいいわ。わたし、もう帰るから」

待ってくれ、もう少し側にいてくれ。熱のせいか、そんなことを言い出しそうな自分に気づく。

立ち上がった都は、ナナのリードを引いた。だが、ナナは動こうとはしなかった。不安げな顔で、都を見上げる。それを何度か繰り返して、都はためいきをついて、また俺の隣に腰を下ろした。

「あなた、よっぽどササミに好かれてるわね」

ササミという名前なのか。そう聞いて噴き出しそうになる。たしかに、ナナは鶏のささみが好きだった。俺もよく買って会いに行った。

ナナは、俺の膝に手をかけて、ぺろぺろと顔を舐めた。

さっきもらった水を飲むと、少し気分がよくなってくる。俺は都を見た。

「こいつは利夫さんの犬だ。名前はナナ」

名前を呼ばれて、ナナの尻尾が勢いよく揺れた。これがまぎれもない証拠だ。

都もそれに気づいたのだろう。ふうっと息を吐く。

「利夫さんって、あの……道で生活してた人？」

ホームレスというのは憚《はばか》られたのか、彼女はそんなことを言った。

「そうだ。認めるか？」

彼女は小さく頷いた。全身の力が抜ける。続けて尋ねた。

「あんた、利夫さんの娘じゃないのか？」

彼女は驚いたように目を見開いた。

「娘？」

「違うのか？　じゃあどうしてナナを連れているんだ」

彼女は力なく首を振った。

「違うわ。娘なんかじゃない」

必死で否定するのではなく、あまりにも意外なことを言われて力が抜けたような言い方で、それだけに嘘ではないことはよくわかった。

「じゃあ、どうしてナナを……」

「わたしのブログ、見た？」

「もちろんだ」

彼女はきゅっと唇を噛《か》んだ。

「エルが死んだの。私の不注意で……」

それは予測していたことだった。たぶん、それがすべてのはじまりなのだ。

「そのときはどうしていいのかわからなかった。わたし、それで仕事をしていたから、仕事を失うのが怖かった。レースクイーンももう体力的にきつかったし、若い子はどんどんでてくるし、ほかにできそうなことも見あたらないし……そんなとき、この子のことを教えてくれる人がいたの。ホームレスの飼っている犬がエルにそっくりだって」

彼女は一度口をつぐんだ。少し間を置いて、また話し続ける。

「最初は、譲ってくれないかと頼んだの……その、利夫さんに。でも、駄目だって言われた。だから」

彼女は掠《かす》れた声で言った。

「誘拐したの」

それを聞いたとき、俺の頭にある風景が浮かんだ。

ナナを連れて逃げようとする都と、それを追いかけようとする利夫さん。利夫さんは道路に飛び出し、そして……。

「事故の現場は見たのか？」

唐突すぎる質問かもしれないと思ったが、彼女の返事は俺の予想を裏付けるものだった。

「急ブレーキの音だけ聞いて……怖くて逃げたわ。次の日、同じ場所に行ってみて、事故があったことを知ったの」

たしかに彼女の行為が、利夫さんの死の引き金になったことには間違いない。だが、彼女が利夫さんを殺したと言えるかどうかは、また別の問題だ。

殺人という行為とはまたまったく違う。

もちろん、彼女が嘘をついている可能性もあるが、俺にはそんなふうには聞こえなかった。

犬を奪うために殺人までするのは非現実的だが、ホームレスの飼っている犬を盗むことくらいなら、やってしまうかもしれない。

彼女は、形のいい唇を、きゅっと噛んだ。

「不思議ね。あのときはどうやったら仕事を続けられるか、エルの死を隠し続けられるかということばかり考えていたけど、今はもうどうでもいい。ブログなんか更新をやめたら、きっとすぐにみんな忘れてしまうだろうし、雑誌の仕事だって代わりにできる人はいくらでもいる。もうどうだっていいの」

彼女の顔は次第に俯《うつむ》きはじめていた。長い髪が顔にかかって表情を隠す。だから、彼女が泣いていることに気づいたのは、もう少し経ってからだった。

「ブログも仕事ももうどうだっていい。でも、この子と離れ離れになるのだけは嫌」

彼女は、ナナの首輪をつかんで引き寄せた。

「なんにも残ってないの。この子しか残ってない。エルもいなくなったし、ブログだって仕事だって、嘘でごまかしてる。この子しかいないの」

彼女は何度も鼻を啜《すす》り上げた。手の甲で、目を擦《こす》ったせいでマスカラが黒く滲《にじ》んだ。

「この子と離れ離れになりたくないの」

都に撫でられながらナナは、不信感でいっぱいの目で俺を睨んだ。たぶん、俺が彼女を泣かしたのだと思っているのだろう。

「別に、離れ離れにならなくてもいいだろ」

彼女は驚いたように目を見開いた。

「どうして……？　あなたこの子を取り戻しにきたんじゃないの？」

「いや、そうじゃない。俺、ペットなんて飼えないし。ただ、あまりにナナにそっくりだから、真実が知りたかっただけだ。そのあとは別にどうだっていい。こいつ、元気そうだし、可愛がってもらってるみたいだし」

俺の目には、ナナは彼女が好きでたまらないように見える。それだけで充分だ。それに連れて帰って、アキオに飼われるよりは、ナナも幸せだろう。

彼女は安堵《あんど》のためいきをついた。涙を浮かべたまま、笑顔になる。

「よかった……本当によかった」


都は俺を駅まで送ってくれた。

「ねえ、タクシーで帰らなくて大丈夫？」

そんな金あるか、と言いたかったが、やはりそれは恥ずかしくて言えなかった。

「大丈夫だ。もうずいぶん楽になったし」

切符を買って、最後にナナの頭を撫でてやると、彼女はうれしそうに尻尾を振った。

「もうナナじゃないんだっけ。ササミだな」

そう言うと、都は首を振った。

「ううん。やっぱり、この子はナナよ。ササミでもあるけど」

そして、都はブログではササミのことをエルと呼んでいる。こいつにはややこしいことに名前が三つあることになる。

なんとか家に辿り着き、熱を測ると三十八度二分もあった。

熱があることがわかると、具合がよけい悪くなる。俺は風邪薬を飲むと、ベッドに潜り込んだ。

眠っているあいだ、何度かケータイが鳴っていることには気づいたが、とても出る気力がない。ケータイの音を聞きながらぐずぐずと眠り続けた。

だが、その浅い眠りの中で、俺は何度も後悔していた。

もう一度、彼女と会う約束ができなかったことを。


ドアフォンの音で目を覚ました。

ぐっすり眠ったせいか、少し身体は楽になっていた。起き上がって、髪も整えずに玄関に向かう。ドアを開けると、篤が立っていた。

「おまえ、ケータイに出ろよな。死んでるのかと思って不安になっただろ！」

ああ、何度もケータイが鳴っていたと思ったのは篤からの電話だったのだ。

俺はまだ痛む頭を押さえた。

「悪い。でも風邪引いてさ。熱が三十八度以上あったんだよ。起きられなくてさ」

「マジかよ。今はもういいのか？」

「寝たから大丈夫……。でも、まだちょっとあるかな」

「上がっていいか？」

「風邪のウイルスがうようよしていると思うけど、それでもかまわないならいいよ」

篤は、「俺バカだから大丈夫」などと非科学的なことを言いながら部屋に入ってきた。

一応、窓を開けて換気をする。熱を測ると、三十七度四分まで下がっていた。パジャマがわりのジャージの上から、セーターを着る。

「寝てろよ。すぐに帰るから」

「ん、でももう平気だから」

俺はコタツに入って、暖を取った。

よく考えたら、河原に行った日から妙に寒かった。単に寒い日が続いていたのかと思っていたが、あれは風邪の兆候だったのかもしれない。

「ビール買ってきたけど飲むか？」

「いらない」

「じゃあ、おまえの分、冷蔵庫に入れておくから」

篤は勝手知ったる様子で、狭いキッチンスペースに向かった。

すぐに戻ってきてコタツに入る。

「なあなあ、草間都のことだけど、おもしろいことがわかったんだ」

「おもしろいこと？」

こいつのことを忘れていた。俺は都との会話を思い出して、苦い気持ちになった。

「ほら、国会図書館に行くって言っただろ。あの女が今まで出ている雑誌とか、探してチェックしたんだけど、四、五ヵ月前、二ヵ月間だけ、あいつはどこにも出てないんだ。そのあとはまた出てるんだけどさ。だから、それが前の犬が死ぬか、脱走するかして、いなくなってから、利夫さんの犬に辿り着くまでのブランクじゃないかって思ったんだ」

俺は心で舌打ちをした。

役に立って欲しいときには少しも役に立たないくせに、気づいてほしくないところには気がまわる。篤はそういう男だ。

こいつが悪いわけではないが、少し腹が立った。

「それでさあ、昨日主任から電話があったから、話したんだよね。そしたら、なぜかすっげえ興味しめしてさ」

　俺は自分の耳を疑った。主任は、俺たちが出し子をやらされている詐欺グループの幹部格だ。悪事には長《た》けているし、どんな繫《つな》がりを持っているのかわからない。

「バカ！　なんで勝手に話したりするんだ」

　大声を出すと、頭にがんがん響いた。俺は額を手で覆った。

　篤は不服そうな声を出した。

「どうせ、強請《ゆす》るのでも俺たちがやるよりも、グループでやった方が絶対うまく行くって。それに、これで認められたら、俺たちも本当の仲間に入れてもらえるかもしれないし」

　もしかすると、篤は篤で焦っていたのかもしれない。今の俺たちは主任の仲間ではない。ただの取り替え可能なパーツだ。

　俺は、また熱が上がってくるのを感じながら言った。

「娘だったんだよ」

「え？」

「草間都は、利夫さんの娘だ。だから、犬をもらい受けた。利夫さんが最近体調が悪いことは知っていたし、ホームレスに飼われるよりも、彼女のところに行く方がナナも幸せだと利夫さんも考えたんだろ」

篤はぽかんと口を開けた。

「ほ、本当か……？」

「嘘ついてどうするよ」

「だって、前の犬と似ているのは？」

「あれはもともと同じ母犬から生まれた姉妹犬なんだ。だから見かけはよく似てる。片方を草間都が飼い、片方を利夫さんが飼っていた。だからそっくりなのも当然だ」

篤はがっくりとうなだれた。

「マジかよ……主任に怒られるだろうなあ」

「だから、俺に確認取らないおまえが悪い」

「だってよう……」

俺の頭に、都の泣き顔が浮かんだ。

自分がなぜ、こんな嘘をついているのか、理由はひとつしかない。たぶん、俺は彼女に惚れはじめている。

第六章

熱が完全に下がるまでに三日もかかった。

昔は風邪なんて一日寝れば治ったものだ。なのに、今ではぐずぐずと引きずってしまう。熱は下がっても、まだ咳《せき》が続いていた。

たぶん、身体自体にガタがきているのだ。コンビニ弁当やカップラーメン、菓子パンばかりで、まともな食事をずっと摂《と》っていない。

人の身体の中では、毎日無数の細胞が死んでいくと聞いた。実感がないのは、死んだ細胞の代わりに新しい細胞が作られていくからだ。目に見える髪や爪だけではなく、骨も歯も内臓も少しずつ新しいものと入れ替わっていく。

もう、こんな生活に陥って二年近く経つ。俺の身体の細胞は、カップラーメンや菓子パンだけでできているはずだ。

文句を言いながら母の手料理を食べていたころや、毎日のようにレストランで、分厚い肉を平らげていたころの細胞など、とっくに死んでしまっているだろう。

俺の身体はどんどんポンコツになっていく。心がそうなっていくのと同じ速度で。

布団の中にいる間、ずっと都のことばかり考えていた。都とナナのことだ。

微熱のせいか、気怠《けだる》い夢の中で、何度も彼女に電話番号を訊《き》いた。一方で、それが夢だと気づいている冷静な俺が苦笑する。よっぽど、連絡先を訊けなかったことが悔《くや》しいんだな、と。


一度だけ、真夜中に飛び起きた。

彼女のブログに、メールアドレスがあったことを思い出したのだ。だが、パソコンを立ち上げてアクセスしてみると、プロフィールからメールアドレスは消えて、事務所のウェブサイトへのリンクだけになっていた。

俺と篤が妙な嘘をついて彼女に接近したせいで、警戒したのだろう。俺のパソコンの中には、彼女のメールアドレスが残っているが、この調子ではアドレスを変更した可能性もある。もしくは、俺のメールアドレスを着信拒否されているか。

もちろん、メールを送ってみればわかるのだが、その勇気すらなく、書くことも浮かばない。

なにより、気になるのは主任がこの話に食いついていたという、篤のことばだ。

俺の嘘を信じてくれればいい。だが、もし彼が疑惑を抱けば、噂《うわさ》を鵜呑《うの》みにせずに自分で調査をするだろう。そうなれば、あんな嘘など簡単にばれる。

都に注意するように話した方がいいのだろうか。

だが、そうするためには俺や篤が、恐喝するために彼女に近づいたことを告白しなければならない。この前、口当たりのいい嘘でごまかしてしまったせいで、それを切り出すのも難しい。

なにもなければいい。俺はうつらうつらと眠りながら、そう祈った。

悪いことなどこの世から全部消えてしまえばいい。俺は両親を事故で亡くした上に、全財産も失って、借金まで負った。半分くらいは自業自得かもしれないが、もう一生分の不運は使い果たしてしまったんじゃないだろうか。

だから、たぶんなにも起こらない。俺は、浅い眠りの中で自分にそう言い聞かせる。

それがなんの意味もないことだとはっきりと気づきながら。


やっと咳が抜けたのは、一週間経ってからだった。

仕事はまだ完全休業状態だ。主任からはなにも言ってこない。まだ身体の芯に残っているような怠《だる》さを振り払うために、俺はコンビニに行って、普段は絶対買わない、七百円もするドリンク剤を一本買った。

病中病後の栄養補給に、とパッケージには書かれていた。もちろんこんなものを飲んでも、ちゃんとした食事を摂らなければ意味はないことくらいはわかっている。

だが普段料理をしないから、調味料などもほとんど揃《そろ》っていない。調理器具も、フライパンと片手鍋くらいしかない。なによりも、そこまでするのが億劫《おっくう》だ。

またそのうちに、と言い訳しつつ、俺は舌を刺す味のドリンク剤を、コンビニの前で飲み干した。

その場しのぎでごまかしてしまうのは、俺の悪い癖だ。

借金の返済日も近づいてきている。利息だけでも入金しなければならないが、そうなるとほとんど文無しになってしまう。家賃も払えない。

ふいに思った。俺たちは切られたのかもしれない、と。

ダイが捕まったのをきっかけに、ダイが知っている引き出し係はお払い箱にする。安全を考えれば、それがいちばんいい。どうせ、俺や篤の代わりなんて、すぐに見つかる。俺が上に立つ人間ならばそうする。

携帯番号を変えられてしまえば、もう俺たちは主任に連絡を取ることすらできない。俺たちが捕まったとしても、彼らが負うリスクは少ない。

そうなると、俺はまたどこからか借金をして、返済に充《あ》てなければならなくなる。もうまともなところは貸してくれないから、手を出すのは闇金融だ。

そこまで考えて、俺は身震いをした。どうすれば、この状態から抜け出せるのだろう。

答えは簡単には出ない。俺はその問題も、とりあえずは頭から追い出すことにした。まだ切られたと決まったわけではない、などと言い訳をしながら。

ドリンク剤を飲み終えて、俺は篤に電話をかけてみた。主任がどういう反応をしたか知りたかったのだ。

だが、電話は留守番電話サービスへと転送され、俺は舌打ちをしながら携帯をポケットにしまった。

このあと、することはなにもない。自然に足が駅へと向かっていた。

都と会った公園に行くつもりだった。

馬鹿のすることだ。まだ風邪は治ったばかりだし、あの公園に行っても都に会える確率は少ない。俺のことを警戒して、もうあの公園にはこないかもしれない。

わかっているのに、身体が自然に動いてしまう。

会えなければ会えないでいい。気のすむまで通って、会えなければそれであきらめがつく。

たとえ、風邪をこじらせて、肺炎を起こして死んだとしても、困る人間などこの世にはいないのだから。

むしろ、この連鎖から逃れられるのならば、その方がいいような気もした。


なのに、こんなときに限って、物事はいい方に進む。

二十分ほどベンチで煙草をふかしていると、都とナナが歩いてくるのが見えた。ナナは、まるでスキップをしているような足取りで公園を歩いている。俺に気づくと、速足になり、こちらにまっすぐに歩いてきた。

サングラスをかけた都は、呆《あき》れたような声で言った。

「また、こんなところでなにしてんの？」

「公園で、くつろいでるだけだよ。悪いのかよ」

「でも、あんた、この近くに住んでるんじゃないでしょ。この前、電車で帰っていったもの」

――ああ、家からここにくるのには、電車を一回乗り換えなきゃいけないさ。悪いのかよ。

そう言ってやろうかと思ったが、本当に呆れられそうな気がして、ことばを飲み込む。

「ナナに会いにきたんだよ」

これは嘘ではない。照れ隠しにナナの背中をがしがしと搔《か》いてやる。

「でも、ここにくるとは限らない。時間だって決まってないし。また倒れても知らないわよ」

「いいんだよ。別に会えるまで待ってるわけじゃねえよ。煙草、二、三本吸って、こなけりゃ帰るつもりだったんだから」

これは嘘だ。わざわざ電車賃を遣ってきたからには、それなりに待つつもりだった。

彼女は俺の隣に座って、小さなバッグから、手帳を取り出した。さらさらとなにかを書いてページをちぎる。

「これ、わたしの携帯メールアドレス。ナナに会いにくるなら、連絡してよ」

俺は信じられない思いで、渡された紙片を見つめた。

訊いても簡単には教えてもらえないと思っていた。俺は彼女に嘘をついたし、身なりも貧相で冴えない。

「いいのか？」

「いらないなら返して」

そう言われて、俺はあわてて紙片をポケットにしまった。

「いや、ありがとう。連絡するよ」

彼女はふっと口許をほころばせた。艶《つや》のある桃色の口紅が花びらみたいだった。

「ササミがあなたのこと、好きみたいだから」

たしかに、ナナは俺に自分の身体を擦りつけて甘えている。俺はナナに心から感謝した。

一瞬、彼女は俺に興味があるんじゃないだろうか、などと都合のいい考えが浮かびそうになる。

だが、たとえそうでも、彼女とつきあうことなどできるはずはない。今の状態では、さほど高くないレストランに彼女を連れて行くこともできないし、プレゼントのひとつもできない。なによりも、借金があることを知れば、彼女の方から離れていくだろう。

それでも、俺のことを彼女が不快に思っているわけではないことは間違いない。でなければ、メールアドレスなど教えてくれるはずはない。

少なくとも、今の俺にはそれだけでも大きな救いだった。

彼女は、ナナのリードを引いて立ち上がった。

「今日はこれから用があるの。だから、もう行くわ」

「ああ」

残念だが、引き留めるわけにはいかない。俺は去っていく彼女の後ろ姿を見送った。

最初に写真を見たときは、俺の人生にはなんの関係もない女だと思っていた。俺なんかになんの関心も示さず、きっと道ばたの石と同じような視線を投げかけて、ただ去っていくような女だと。

それでも、今、俺のポケットには彼女の連絡先がある。

俺の人生も、そう悪いこと尽くめでもないのかもしれない。

帰り道、ようやく篤と電話が通じた。

「ごめん。ちょっと今、人と一緒なんだよ。後でかけ直すわ」

電話の向こうの声は、どこか弾んでいた。きっと、女の子でもつかまえたのだろう。普段なら苛立《いらだ》つところだが、今日は冷静でいられる。

「遅くなるのか。かけ直さなくていいから、うちにこいよ」

「んー、今日は無理かも。明日の午後行くよ」

「了解」

俺は電話を切ると、彼女からもらったメールアドレスを携帯のメモリーに入力した。もらったメモはもう必要なくなったのに、なぜか捨てる気になれず、そのまま財布の中にしまった。

自分がこんなにセンチメンタルな人間だとはじめて知った。

篤が俺の部屋にやってきたのは、翌日の夜七時だった。

昼過ぎから待っていた俺は、すっかり痺《しび》れを切らしてしまっていたが、文句を言っても仕方がない。

ぶら下げてきたコンビニ袋の中には、いつもより多くのビールが入っていて、俺は篤の機嫌がいいことを知った。

「豪勢じゃん」

「まいったよ。昨日、おふくろに呼び出されててさ。さっさと切り上げて帰ってこようと思ったんだけど、話が長いんだよ。ま、代わりに小遣いちょっともらったからさ」

篤の家族の話を聞くたびに、胸に苦いものが広がる。彼は、自分に干渉する家族をいやがっていて、そんな人間のいない俺をいつも羨《うらや》ましがる。だが、どうやってもそれは、持てる者の傲慢《ごうまん》だ。

もし、篤が更生したいと思えば、彼の家族はいつだって手を差し伸べるだろう。

俺に手を差し伸べる人間はだれもいない。

「そうそう、俺、あれから風邪引いちゃったよ。おまえに移されたんだよ」

「だから言っただろう。風邪の菌がうようよしてるぞって」

「普段は風邪なんか引かないんだよ。だから、おまえの風邪が特に凶悪なんだ」

相変わらず非科学的なことを言いながら、ビールのプルトップを引く。俺も袋の中から一本もらった。

まだ夕食を食べていないことを思い出したが、まあいい。ビールを飲めば腹はふくれる。

「で、主任に話したのか。都が利夫さんの娘だって」

自分の嘘がどんな波紋を広げているのか、ずっと気になって仕方がなかった。主任はそれで諦《あきら》める気になったのか。それとも逆に嘘がばれたのか。

篤は旨《うま》そうに喉を鳴らしてビールを飲んでいた。缶をやっと口から離す。

「まだ話してない」

「どうして！」

つい、声を荒らげた俺を、篤は不思議そうに見た。

「さっきも言っただろう。風邪引いて寝てたんだって」

馬鹿のくせに風邪なんか引きやがって。俺は心の中で毒づいた。

「それに、言いにくいって。俺から『おもしろい話がある』なんて言ったのに、『実は親子でした』なんてさ」

「おまえが先走るから悪いんだろ」

「そう言うなって」

篤は、顔をしかめて缶ビールの残りを飲み干した。そのまま缶を握りつぶす。

「俺、このまえ、主任以外の幹部にも会っちゃったんだよね。犬とブログの話したときにさ」

それを聞いて驚く。一年近く仕事を続けているが、俺たちの前に現れるのは主任ひとりだった。主任以外にも四、五人の人間が関わっているらしいが、俺たちに顔を見せることはない。

できる限り関わる人間が接触しないことで、ひとり捕まっても連鎖的にほかの人間が捕まることを避けられると、主任は言っていた。

だが、それでも俺たちにはわかっていた。つまりは俺たちは切り捨て可能な駒《こま》に過ぎないのだ、と。

篤が興奮しているのは、自分がその駒から脱却できそうだからだろう。

「何人会った」

「いや、ひとりだけど」

なんだ、と失望すると、篤は気を悪くしたようだった。

「一年仕事しても、そのひとりにすら会えないわけだろ。すごいことだって。絶対見込みがあると思われたんだよ」

篤は駒ではなく、駒を動かす側にまわりたいのだ。俺はまたビールに口をつけた。

自分はどうだろう。切り捨てられる駒から、切り捨てる側にまわりたいのだろうか。

わからない。たとえば、今なら、仕事がなくて仕方なくやっているだけだ、と言い訳できる。悪事に手を染めているという実感も薄い。俺がやらなくても、ほかのだれかがやるだけだ。

だが、主任のようにいいスーツに身を包み、外車を乗り回すようになってもそう思えるのか、想像できない。

それとも、世の中の馬鹿から搾取《さくしゅ》する万能感に酔いしれるのだろうか。

その万能感には覚えがある。FXで利益を上げていたとき、俺もそれに酔いしれた。悪いことをしたわけではないから、罪悪感もない。ただ、普通に働いている人間たちが愚かに見えて仕方がなかった。

その頃の自分に吐き気がする。

もともと自分の才覚で利益を上げたわけでもないのだ。単に元手がたくさんあって、運がよかっただけだ。為替のことだって本当にはわかっていなかった。

篤はこたつの上に肘《ひじ》をついて、ポテトチップスの袋を縦に開けた。

「でさ、そのもうひとりって、女だったんだよな」

俺は驚いて、ビールの缶を置いた。

「女？」

「そう。四十くらいかなあ。影山《かげやま》とか言ってた。主任の女かと思ったんだけど、どっちかというと主任の方が気を使ってた。影山の方が上っぽい」

勝手なイメージだが、詐欺グループには男しかいないような気がしていた。だが電話をするのにも女性の声が必要なときもあるだろう。

「そいつにいろいろ聞かれたよ。なんかすげえ興味持ってた。俺もさ、ちょっと大げさに煽《あお》っちゃったからさ。今更、親子でした、なんて言えねえよ」

よけいなことを。俺は心で舌打ちをした。

「それにさ、親子だったから殺してないと決まったわけでもないだろ。親子でも、犬を譲ってくれないから殺したかもしれない。ホームレスの親父《おやじ》がいること自体がイメージダウンなわけだし」

そんなことを言う篤を横目で見ながら、俺は考え込んだ。

都のことばを信じれば、彼女は利夫さんを殺していない。利夫さんの事故は目撃者もいるから、彼女が警察に捕まることはないだろう。

だが、彼女がナナを連れ去って、そのせいで利夫さんが事故に遭ったという事実を噂として流されるだけでも、彼女には痛いダメージだ。今はインターネットというツールがある。自分の素性を隠して悪評を垂れ流すのは簡単だ。

俺がついた嘘だけでは、彼女を守れそうにない。いったい、どうすればいいのだろう。

篤は俺の内心にも気づかない様子で、ポテトチップスをばりばり食っている。

もとはと言えば、俺が雑誌を見て、ナナに気づいたのがすべての原因だ。だから、篤だけを責めることはできないが、だんだん腹が立ってくる。

やっと俺の視線に気づいたのか、篤が急に不安そうな声で言った。

「なあ、あの女とホームレスが親子だったと、主任や影山が知ったら、俺、切られるかなあ」

俺はためいき混じりで答えた。

「大丈夫だろ」

もともと、そんな事実などないのだから。

俺が嘘をついたことを知ったら、篤は怒るだろうかと思ったが、不思議と嘘がばれることへの不安感はなかった。

たぶん、俺はもうこの怠惰な生活にうんざりしているのだ。

飲みたいだけ飲んだ篤が居眠りをはじめるのを待って、俺は都にメールを打った。

目の前に彼女がいれば、告げたことばにはすぐに答えが返ってくる。メールだとそうはいかない。

返事がくるまで、俺の気持ちは暗闇の中で宙ぶらりんになる。


返事が届いたのは翌朝になってからだった。

メールには、またナナに会いに行きたいと書いたのだが、返事はたった一行だった。

「今日は四時頃公園に行きます」

顔文字も、絵文字もなにもない。女の子から、こんなにそっけない返事がくれば、脈がないことは確定だ。

それでもその文字列は俺を拒絶していない。だから、俺は浮き上がりたいような気持ちになる。

篤はまだこたつで、いびきをかいている。彼のいびきで現実に引き戻されて、俺はためいきをついた。

都に気をつけろと忠告するべきなのはわかっている。だが、それをどうやって説明すればいいのかが難しい。

詐欺グループがあんたとナナに目をつけている、と言えば、彼女は俺がどうやってそれを知ったか、不思議に思うだろう。

女という生き物はなぜか尋問がうまい。過去に、何度も隠すつもりだったことを問い詰められて、気がつけば洗いざらい喋《しゃべ》ってしまっていたことがあった。たぶん、俺は嘘が下手なのだ。

都の、あの大きな目に見据えられて、嘘をつき通す自信はない。たとえ、隠そうとしても彼女には見破られてしまう気がした。

俺も、末端の使いっ走りとはいえ、その詐欺グループの一員で、人を騙《だま》して金をもらっていたのだということを。

だいたい、ナナを知っていて、写真だけで見分けがつく人間はそう多くない。だから、俺がそれをだれかに話してしまったのが原因だと、彼女は気づくはずだ。

そう思うとひどく陰鬱《いんうつ》な気持ちになる。

目が覚めたのに、まだ居座ろうとする篤を追い出して、俺は午後になってから家を出た。

しばらく街をうろついてから、四時に着くように例の公園へ向かう。

都は、すでに公園にきていた。ぴいぴい鳴る犬用玩具で、ナナをかまっている。

　近づくと、ナナは俺に気づいて、ふさふさとした尾を振った。体当たりしてくる身体を撫で回してやる。隣に座ると、都は挨拶《あいさつ》もなく、いきなり言った。

「なんか悩みでもあるの？」

「え？」

　彼女はもう一度、同じ質問を繰り返した。

「あるように見えるのか？」

　問い返すと、すぐに頷く。「見える」

　そして、身体を押しつけるナナを撫でながら続けた。

「わたしもそうだったから。エルを飼う前、落ち込むと犬に会いに行った」

　俺は黙って、彼女の横顔に目をやった。今日はサングラスをかけていない。直に見る目は、こぼれ落ちそうなほど大きく、マスカラを塗った睫《まつげ》が重そうだ。

「ペットショップで子犬を見たり、ドッグランを柵《さく》の外から眺めたり、公園でかまってくれる犬を探したりしたわ。知り合いの犬がそのときいたら、わざわざ電車に乗ってでも会いに行ったかも」

「あんたが目当てかもしれないぜ」

　冗談めかしてそう言うと、彼女はくすりと笑った。

「あなた、そんなに元気そうに見えない」

俺は苦笑した。喜んでいいのか、落ち込んでいいのかわからない。

「偶然、保健所がやってる子犬の譲渡会に行き当たって、そこにエルがいたの」

エル。彼女が飼っていて、死なせてしまった犬。ナナは二代目エルとして、彼女のそばにいる。

「まだ片手で抱けるくらい小さくて、ころころして、泣きたくなるほど可愛かった。抱いて帰ってくるとき、小さな心臓の音が伝わってきて、思ったわ。わたしは今、幸せを抱いてるんだって」

「事実、そうだったんだろう。エルはあんたに幸運を運んできたんだろう」

ブログが評判になり、ライターをはじめて、すべてがうまく行くようになった。俺は少し羨望を込めてそう言った。

「そうね。でも、わたしはその幸せを大事にできなかった」

彼女は全身の力を抜くように息を吐いた。

「疲れちゃった。もう嘘をつき続けることに」

こぼれるように出た、彼女の本音だった。

「今、うまくいってるんだろう」

「そうね。でもこの子、人混みをまだ怖がるし、それなのにときどき、街中での取材なんかもあるし、無理をさせてるなって思う。それにわたし自身が我慢できなくなってきたの」

「なにに?」

「この子がエルだと嘘をつき続けること。この子はエルじゃない。あなたにとってはナナで、わたしにとってはササミだわ。この子をエルと呼ぶたびに、天国のエルが悲しい顔をしているような気がする」

「でも、仕事を止めたら困るだろう」

「そうね。でも、ちょっと考えていることがあるから」

彼女はナナを引き寄せて、ふさふさした首回りの毛をかきまわした。ナナの目が気持ちよさそうに細められる。

「だいたい、あなた昼間っからこんなところにきて、仕事はなにをしてるの?」

いきなりこちらに矛先《ほこさき》が向いて、俺は狼狽《ろうばい》した。

「いや、不景気で開店休業中というか……」

しどろもどろで言い訳すると、彼女はそれ以上追及しようとはしなかった。

俺はポケットから煙草を出して、火をつけた。

「俺も大変なんだよ。外国為替証拠金取引って知ってる？」

「FXでしょ。知ってるわ。そういうのがあるってことだけだけど」

俺は頷いた。俺が話を続ける前に、彼女が尋ねた。

「それで失敗したの？」

ふいをつかれて、煙に咽《む》せた。勘のいい女はこれだから困る。

「成功しているようには見えないか」

「全然見えない。そういうのがうまくいってる男は、もっと鼻息が荒いもの」

うまいことを言う。たしかに、順調だったときの俺も鼻息が荒かった。

「まあ、ご想像通りだよ。情けないことにね」

まるでことばがわかったかのように、ナナが俺の膝に手をかけて、口許を舐めた。

「慰めてくれてんのかな」

「さあね」

彼女ははぐらかすように言って笑った。

借金があることくらいなら言える。だが、今自分がやっている仕事――休業状態だが――について話すのは、やはり難しかった。

幸いなことに、彼女もそれ以上は追及してこない。

だが、幸運なことがひとつある。彼女がもうライターをやめようとしているのならば、たとえ妙な噂を立てられても関係ない。だれも彼女を強請《ゆす》ることはできない。

その一件がなければ、俺は彼女がライターをやめるのを止めたかもしれない。俺から見れば、彼女は充分すぎるほど恵まれている。

ふいに、彼女の携帯電話がどこかで聞いたメロディを奏でた。

ジーンズの後ろポケットから携帯を出すと、彼女は電話に出た。

話し始めた彼女の顔が、急に険しくなる。ベンチから立ち上がり、俺に話の聞こえない場所までいった。

ナナと一緒に取り残された俺は、彼女が置いていったリンゴの形の玩具で、ナナをあやした。

ナナは目を輝かせて、リンゴにかじり付いた。ぴいぴいと、リンゴが悲鳴をあげた。

三分ほどで彼女は戻ってきた。だが、表情が硬い。

「ごめん。急用ができたの。もう行かなくちゃ」

「ああ……」

残念だが、それでも今日は彼女とたくさん話すことができた。彼女の本音も聞けた。

立ち去りかけた彼女が、ふいに振り返った。

「ねえ、さっき今は開店休業状態って言ってたわよね。もし、一日だけのバイトとかあったら、やる？」

唐突な質問に驚いたが、金が必要なのはたしかだ。俺は頷《うなず》いた。

「できることだったらな。通訳とかは無理だし、人殺しなんかも無理だぞ」

「そんなことは頼まない。車の運転はできる？」

「ああ」

「じゃあ、また連絡する」

彼女はそう言って、歩き出した。すぐに足を止める。

「そういえば、名前聞いてない」

まだ名乗っていなかったことをすっかり忘れていた。

一度目は嘘の名前で近づき、二度目は熱のせいでそれどころではなかった。

「江口、江口正道」

「江口くんね。わかった」

彼女は頷くと、足早に去っていった。また携帯を開いているところを見ると、急に忙しくなったらしい。

今日は短いジャケットを着ているせいで、小さな尻の形のよさがよくわかる。俺は自分の現金さに苦笑した。

今まで二回、ここで会ったときは憔悴《しょうすい》していたから彼女の肉体的な魅力に惹《ひ》かれることなどなかった。

悩みの種がひとつ解消されたからといって、急にそれが目につくようになるというのは、あまりに単純だ。

決して悪い傾向ではない。なにより、彼女は「また連絡する」と言ってくれたではないか。

少しずつ、彼女との距離が近づいていくのを感じた。


帰り道、今度は俺の携帯が鳴った。篤からだ。

さっき別れたばかりなのに、と不思議に思いながら電話に出る。

「ああ、俺だけど。今忙しいか？」

「いや。暇だけど」

もうあとは家に帰って、ごろごろするだけだ。

「さっき、主任から電話があって呼び出されたんだよ。おまえも連れてこいって」

背筋に緊張が走る。

「仕事か?」

「たぶんそうだろ。飯食うためにわざわざ俺らを呼び出すとは思えないし」

足を洗いたい気持ちはあるが、とりあえず今は現金が必要だ。仕事の話は、飛び上がりたくなるほどうれしかった。

主任と仕事の相談をする喫茶店はいくつかある。どれも、店員に顔を覚えられない程度に適度に賑《にぎ》わっていて、かつ、話が隣の席に聞こえないように、テーブルが離れている。

そのうちのひとつの店名を、篤は口に出した。

店はお互い知っているから、わざわざよそで待ち合わせをするほどではない。店の入り口で落ち合うことにして、俺は電話を切った。そして決意する。

とりあえず、二ヵ月分の利息と家賃を手に入れれば、この仕事から手を引こう。

好きになった女に自分の仕事も言えないなんて、あまりにも情けない。きつい仕事ならば求人はあるし、バイトを掛け持ちすれば借金も返せるだろう。

だが心の中で、醒《さ》めた自分が冷静につぶやく。

なんかダイエットや禁煙と似ているよな、と。

やめたいと思ったのはこれがはじめてではない。だがそのたびに、いろいろ言い訳をしてだらだらと続けてしまっている。

肉体的な負担が少なく、短時間で少なくない金が手に入るというのはやはり魅力だった。そのために、もっと大事なものを売り渡すことになったとしても、つい、安易な道に逃げ込んでしまう。

やはり、次に会ったら都に仕事のことを告白しよう。

彼女なら、俺を叱《しか》りとばしてくれるかもしれない。

そんな甘えたことを考えながら、俺は指定の喫茶店へと向かった。

オフィス街にある喫茶店の入り口には、すでに篤がきていた。俺に気づくと、大きなガラス窓から見える店内を顎《あご》でしゃくった。

「ほら、今日は影山もいるよ」

篤がこの前会ったと言っていた、幹部格の女だ。

見れば、主任の横に見たことのない女がいる。主任はスーツを着ているし、女もかっちりとした服装をしているから、ふたりとも勤め人にしか見えない。

影山という女は、主任と談笑しながら紅茶を口に運んでいた。顎の尖《とが》った面長の顔立ちと、軽くパーマのかかった髪型。子育てをしながら、仕事もばりばりする兼業主婦といった雰囲気だ。

キューピー人形そっくりの愛嬌《あいきょう》のある顔の主任と並んでいるところは、とても詐欺グループの一員には見えない。

だが、主任のスーツの下には、びっしりと全身を覆い尽くすタトゥーがあることを俺は知っている。この前、警察に捕まったダイの話では、乳首や性器にピアッシングまでしているらしい。もっとも、俺は見たことはないし、見たいとも思わないが。

影山という女も、見かけ通りの女であるはずはない。

俺と篤は並んで店に入った。すぐに主任が気づいて手をあげる。

「篤は知ってるな。江口、こっちが影山さんだ」

俺はぺこりと頭を下げた。影山の膝《ひざ》には分厚い封筒があった。

「影山さんは情報収集の天才だ」

主任がそう言うと、影山はくすくす笑いながら主任の肩を叩いた。

「天才なんて大げさすぎよ。キューちゃん。要領がわかればだれだってできるわよ」

「影山さん、こいつらの前でその呼び名はやめてくださいよ」

一瞬、久造とか久太郎とかいう名前なのだろうか、と考えて、すぐに思い当たる。キューちゃんのキューは、たぶんキューピーのキューだ。

篤も笑いを噛み殺している。主任は急に真面目な顔になった。

「本当はな。こういうところは、おまえら下っ端には教えない。だが、今回はおまえらが見つけてきた案件だ。やり方を教えてやるよ」

俺は息を呑んだ。間違いない、都のことだ。

影山が封筒を開いた。広げられたのは百枚近いカラーコピーだった。

都が書いた雑誌の記事、彼女のレースクイーン時代の写真、彼女が所属している事務所に関する資料。マンションの間取りのコピーは、彼女の部屋だろうか。

息を呑んでいると、影山は身を乗り出した。

「今の彼女の仕事は、雑誌連載がふたつ、ウェブ連載が四つというところね。ギャラ的にはそう稼いでいるわけでもなさそうだわ。もっとも、半年前、仕事を二ヵ月ほど休んでいて、その前はもっと多かった。それと、ときどきドッグフードやペットショップのキャンペーンの仕事もやってる。たぶん、これの謝礼はそれなりにあるわね」

影山は資料をめくりながら俺たちに視線を投げかけた。

「いくらくらい取れると思う?」

「二、三十万ですか……?」

篤のことばを、影山は一笑した。

「駄目。その程度では気持ちの動揺は少ないわ。こういう仕事はね。動揺させなきゃならないの。気持ちを揺さぶって、不安にさせて、まともな思考回路を奪わないと勝てない。

でも多すぎて払えないと、反対に冷静になってしまう。そうね……最低でも百万円。もしくは二百万円ってところね」

俺と篤は顔を見合わせた。最初に彼女を強請ることを考えたときも、そんな金額を取れるとは思わなかった。

「そんなに金持ってますかね」

篤がおそるおそる尋ねる。

「現金ではないかもしれないわね。仕事を休んでいるときに貯金は使い果たしてしまったかもしれない。でもこれを見て」

そう言いながら、雑誌のコピーを指さす。

「ボッテガ・ヴェネタのバッグに、ジミー・チュウの靴。羽振りがよかったときに買ったのかもしれないけど、それなりに高価なブランド品を持ってるわ。こういうものをリサイクルショップに持ち込めば、お金になる。足りない分はそれで調達できる」

影山自体は、地味な服を着ている。とても高級ブランドに興味があるようには見えない。だから、彼女が詳しいのは、間違いなく仕事のためだ。

主任が、俺たちふたりの顔を見比べた。

「なあ、これ、おまえらでやってみろ」

「え？」

驚いて顔をあげると、主任は顔を近づけて小声で囁《ささや》いた。

「おまえらふたりで、この女を強請ってみろって言ってるんだ。情報料として影山さんに十万円、アドバイス料として俺に十万円前払いでくれれば、巻き上げた金が二百万でも五百万でも、あとはおまえたちで山分けすればいい」

「本当ですか？」

篤が舞い上がったような声をあげる。俺はあわてて言った。

「俺、今、そんな金ありませんし……」

「俺が立て替えてやるよ。その代わり成功したら払えよ」

すっかりその気になっている篤が俺を遮《さえぎ》って答える。目で合図をしたが、まったく気がつかない。

「じゃあ、店を出たところに銀行のATMがあるから、引き出してこい」

「わかりました」

篤は飛び上がるように店を出て行った。

止めたかったが、主任たちの前ではなにも言えない。後を追おうとすると、主任が低い声で言った。

「なにも小学生のションベンじゃあるまいし、連れ立っていくことはないよな」

冗談めいた口調だが、目は笑っていなかった。俺はソファの上で凍り付いた。

たぶん、俺がその気になってないことを、主任は見抜いている。だから篤のみを煽《あお》って、先に金を用意させたのだ。

金を払ってしまえば、篤はもう思いとどまらないだろう。

動揺を抑えるために、心の中で主任に「キューちゃん」と呼びかけてみたが、効果はなかった。

気持ちを見抜かれたショックで、なにも考えられない。

影山がやけに優しい声で言った。

「江口くんだっけ。きみは自信がないの？」

「……そこまでやったことないんで……」

「大丈夫よ。もしわからないことがあったら、わたしやキューちゃんがアドバイスしてあげるわよ」

「だから、その呼び名はやめてくださいって」

篤はすぐに戻ってくる。二十万円を数えて、十万ずつ影山と主任に渡した。

たぶんここで二十万払えば、百万円が今すぐにでも手に入ると信じ切っているのだ。

もし、これがまともな仕事ならば、悪くはない報酬だ。二十万円の元手で売り上げが百万円。二人で割っても、ひとり四十万円。

ＦＸでこれだけの利益を上げるのは、かなり難しい。

だが、この仕事のリスクは単純なものではない。

俺が協力するとしても、都はもうライターを続ける気はない。脅《おど》されれば金を払うよりも、警察に通報する可能性がある。

なにより、俺はこんなことに協力したくはない。

なぜ、自分がこんなことに巻き込まれているのかよくわからなかった。

一瞬、疑った。冷静さを失っているのは俺と篤だ。

今回のカモは、都ではなく俺たちふたりではないのか。俺たちを切り捨てるついでに、金まで巻き上げようとしているのではないか。

俺は前に座る、主任と影山の顔を見比べた。ふたりの笑顔からは、どんな感情も伝わってこなかった。

第七章

帰り道、篤はやたらにご機嫌だった。くわえ煙草でハンドルを切りながら鼻歌まで歌っている。

煙が助手席に流れてくる。俺は手でそれを仰いで、窓を少し開けた。自分も煙草を吸うくせに、他人の煙が流れてくるのは耐え難い、というのは、身勝手と言えば身勝手だが、不快なのだから仕方がない。

篤は、半分ほど吸った煙草を灰皿で揉《も》み消した。

「なあ、主任と影山ってヤったことあるのかな？」

知るか、そんなこと。喉元までそう出かかったが、ぐっと堪《こら》える。

「さあな、一回くらいはあるかもしれないな」

大して考えもせずそう言うと、篤は笑いながらハンドルを叩いた。

「色気ねえけど、意外にヤったらエロかったりすんのかな、ああいう女」

どうだっていい。たしかなのは、影山も主任も、俺たちのことを仲間などとは思っていないということだ。

よくて、単なる手持ちの駒、でなければカモ。彼らの認識など、そんなものだろう。

篤は、ぎゅいーんと口の中で言いながらハンドルを切った。

「どうする？　どっちが電話する？」

いきなり尋ねられて、俺は戸惑った。

「電話？」

「カモにだよ」

都のことだ。俺は篤にわからないように、小さくためいきをついた。

「そんな急に動くのか？　もう少し作戦を練った方がいいんじゃないか？」

「作戦なんか必要ないだろ。いつもと同じだ。電話して、金を振り込ませて、それを引き出す。もう何度もやってるだろ」

俺たちが何度もやったのは、その最後の金を引き出す部分だけだというのに、篤は自信たっぷりにそう言った。

「詐欺と恐喝は違う」

「ああ、詐欺なら電話するのにもテクニックがいるかもしれないが、恐喝ならそのまま喋ればいいだけだろ。詐欺より簡単だ」

俺は少し考え込んだ。

「そうかな」

「そうだろ。間違ったこと言ってるか？」

篤は自信たっぷりにそう言って、そのあと急に不安になったように目を泳がせた。

たぶん、それも考え方のひとつだろう。相手を完全に信用させて、金を振り込ませるような話術は必要ない。だが、その分、相手は本気でこっちと戦おうとしてくる。脅されて、素直に言いなりになる人間ばかりではない。

しかも、相手は都だ。やめさせたいが、篤は主任たちに金を払ってしまった。普通に止めても言うことはきかないだろう。

篤は俺を横目で見て笑った。

「おいおい、もしかしてびびってんのか？」

少し前ならば、たとえ本心では怖くても、怖くないと言っただろう。だが今では、そんな意味のない虚勢を張ることにも疲れた。

「そうかもな」

「降りてもいいぞ。その代わり、おまえに分け前はやらない」

彼は語気を強めた。ふがいない俺に怒りを感じているのかもしれない。

俺は考え込む。もし篤が都と俺が接近していることに気づいたら、どうするだろう。たぶん間違いなく怒り狂う。自分が勝手に主任たちに喋ったことを棚に上げて、俺を責めるだろう。

彼に絶縁されることは、寂しいが一方で仕方ないと思う。篤は酒を飲み、だらだらと一緒に過ごすのにはいい友達だが、つるんで悪事に手を出してしまったことで、関係は確実に変質していく。もう、ただの友達には戻れない。必ずどこかで友情は破綻《はたん》する。

だが、そのわかりきった破綻ですら、耐え難いと思ってしまうのはなぜなのだろう。

今まで、バカみたいにたくさんのものを失ってきて、今残っているものの方が少ないというのに、未だに俺はなにかを失うことには慣れることができないのだ。

黙り込んでいると、篤は急に猫なで声を出した。

「おいおい、頼むからそんなにビビんなよ。大したことじゃないって」

「もし、彼女が警察に言ったら？」

「それも、普段と一緒だろ。捕まらないよ。変装して、コンビニで引き出して。もし金が入ってなければ、その口座はもう使わなきゃいい」

たとえ相手が都でなくても、今の俺にはそんなに簡単に物事が運ぶとは思えなかった。

ＦＸをやっていたときの経験で、知っている。弱気になっているときは、ツキが落ちているのだ。普段と同じことをやってもうまくいかない。ましてや、普通でも二の足を踏むようなことがやり遂げられるはずはない。

俺は覚悟を決めて言った。

「出し子ならまだしも、恐喝なんて俺はやりたくない。降りるよ」

「おい、エグ！」

篤は今度こそ、声を荒らげた。

「降りるなら、金払えよ。主任たちに払った二十万」

「そんなの俺に関係あるのかよ」

「関係あるね。俺はおまえと一緒にやるつもりで、主任たちにアドバイスをもらったんだ。それが無意味になるんだから、金を払え」

そんなのは勝手な言いぐさだ。反論しようとしたが、篤は矢継ぎ早に言った。

「おまえが犬が同じだなんて言い出さなきゃ、こんなことにはならなかったんだろうが。それなのに、今更降りるって言うのか。二十万を棒に振れと？」

「おまえがやるのは止めないよ」

本当は止めたいが、二十万は払えない。今手元にあるのは二万ほどで、家賃と利子の支払日も近づいているのだ。

「いや、駄目だ。俺はおまえと一緒にやろうと思って金を払ったんだ。おまえがやめるのなら俺もやめる。金を払え」

篤は顔を強ばらせて早口でそう言った。こうなると彼は意固地になる。俺はためいきをついた。

「わかった。でも行動に出る前にもう少し作戦を練らせてくれよ。やっぱりはじめてのことをやるのは不安だ」

「なんだよ。エグは意外に気弱だな。なんで主任たちがエグのことを買ってるのか、よくわからないよ」

「俺を買ってる……?」

聞きとがめて尋ねると、篤は表情を強ばらせた。あきらかに、「口を滑らせた」と思っている顔だった。

「俺を買ってるって、どういうことだよ?」

問い詰めると、篤は素直に白状した。この手の素直さが、彼のいいところでもあるのだが、一緒に悪事を働くときには不安要素でしかない。

「いや……都の話をしたときに、最初はおまえの名前を出さなかったんだよな。そしたら、主任が『江口と一緒にやれ』って。俺ひとりでやるよりも、絶対にその方がいいからって言ったんだよ」

俺はためいきをついて、シートに身体を預けた。

「俺を買ってるんじゃない。一人より二人の方が働けるってだけだろ」

「あ、そうかな。俺もそうかなとも思ったんだけど……」

篤は俺のことばで機嫌を直したようだった。単純な奴め、と心でつぶやいた。

だが、主任が俺を篤と組ませようとしたことは、ひどく気にかかる。

さっきの喫茶店の会話で俺は痛感した。彼らはそんなに甘い人間じゃない。

俺が篤を止めようとしたことも、ちゃんと察して席を立たせなかった。

篤に俺とやれ、と言ったとしたら、それは俺を買っているからなどという理由ではないはずだ。

俺は窓の外に目をやった。

どうすれば、この八方塞《ふさ》がりの状況から抜け出せるのだろうか。

部屋に帰り着き、ケータイを見るといつの間にかメールが入っていた。

誰だろうと思いながら画面を開いてみて息を呑む。都からだった。

「明日か明後日、もし暇ならアルバイトしませんか。よかったら電話ください」

その下には、彼女のケータイ番号が書いてあった。以前、出版社の記者のふりをして近づいたとき教えてもらった番号と同じだ。

この前もらったメールと同じ、絵文字もよけいなことばもなにもない、素っ気ない文面だった。彼女の、あまり愛想のいいとは言えない表情を思い出しながら俺は苦笑した。

——もう、二言、三言でも付け加えりゃ可愛いのに。

とはいうものの、ほかの女の子からもらったようなハートの絵文字が踊る可愛らしいメールを思いだし、それを都が無表情のまま打つところを想像すると、それはそれで違和感がある。

ともかく、そのメールは俺にとってありがたかった。彼女からメールがくるというだけでうれしいいし、アルバイトがあるというのも助かる。

俺は篤のことや主任たちのことを一度頭の中から追い出して、都に電話をかけた。

一回目の呼び出し音で、彼女が出た。

「はい」

「あ、江口だけど……メール読んだ」

「ああ、江口くん」

声が柔らかくなったと思うのは、俺のうぬぼれだろうか。

「どう？　明日か明後日空いてる？」

「ああ、アルバイトってどんな？」

一瞬、彼女が口籠《くちご》もった気がした。だが、すぐに会話を続ける。

「千葉の勝浦から東京まで、車を運転するの。もちろん勝浦までの交通費は出すわ。で、それとは別に一万五千円。どう？」

たしかに悪くはない。だが、車を運転するだけというのが少し引っかかった。しかも、東京から勝浦までではなく、勝浦から東京まで、と彼女は言った。

「勝浦までは列車で行くのか？」

「わたしの車で行ってもいいけど二往復することになるでしょ」

たしかにそれも疲れそうだ。

「東京まで運転してきたら、勝浦に帰るまで一時間半くらい休憩してもらうことになるわ。車で往復で五時間くらいかかるから、あと列車での往復も含めたら拘束時間は九時間くらいかな。十時間はかからないと思う」

彼女はすらすらとそう言った。

「それと、行程の半分はわたしが運転するから、車の中でも休憩は取れる。どう？」

「ああ、やるよ」

仕事の内容はそう難しいものでもない。

「あんたも運転するってことは、一緒に行くのか？」

「そうよ。だから行き先などはわたしが案内するわ」

そうではないかと期待していたが、都の返事を聞いて舞い上がりそうになる。今までは一緒にいてもほんの十分か二十分くらいだった。

だが、彼女の言うとおりなら、明日か明後日は一日一緒に過ごせるということになる。

浮き立つ気持ちを抑えながら、俺は答えた。

「やるよ。明日でも明後日でもどっちでもいい」

「じゃあ、ちょっと待って。今日中にもう一度電話するわ。このケータイ番号にかけていいのね」

「ああ、俺のケータイだ」

「わかったわ」

電話はすぐに切られた。少し名残惜しい気持ちで、ケータイを耳から離す。ぼんやりと会話を反芻《はんすう》していると、また電話が鳴った。都からだった。

「わたしだけど」

彼女はそう言ってから、くすりと笑った。

「って言うと、なんか振り込め詐欺みたいね」

一瞬で、心臓が凍り付く。ただの冗談だ。そうわかっていても、俺は笑えなかった。

電話越しでよかった。たぶん目の前にいたら、表情の変化は気づかれていただろう。彼女は俺の動揺には気づかずに話し続けた。

「じゃあ明日。いい？」

「いいよ。どこに行けばいい」

待ち合わせ場所を決めると、彼女は思い出したように言った。

「そうそう、恰好《かっこう》はできればスーツにして。もしスーツがなくても、できる限りきちんとしたジャケットとパンツできて。持ってるでしょ」

「ああ、そりゃあ、俺だってスーツくらい持ってる」

羽振りがよかったときに作った、今ではとても買えない値段のスーツもある。リサイクルショップに持っていっても、馬鹿みたいに安い値段で買い叩かれるだけだから、気に入ったものは手元に残してあった。

だが、それを聞いて不安になる。

「ということは、きちんとした場所に出たり、誰かに会ったりするのか？」

人と会うのならどんな人か聞いて、心の準備をしておきたかった。

「そういうわけじゃないの。人には会うけどあなたは普通に挨拶《あいさつ》をするだけでいい。別に自己紹介もしなくていいわ。したければしてもいいけど」

「つまり、単なる運転手ってことか？」

「まあ、そんな感じ」

彼女はことばを濁した。あまりはっきり喋りたくないように見える。

俺はぼんやりと、話し終わった後のケータイを眺めた。緊張していたのか、手のひらが汗でぐっしょりと濡《ぬ》れていた。

この電話のことだけ考えればラッキーだ。好きになった女と一日一緒に過ごせて、しかもバイト料までもらえる。デートならむしろ出費を覚悟しなければならない。

だが、その「金がもらえる」という点が、デートとは致命的に違うことを物語っていた。

俺は手のひらの汗をジーンズで拭《ぬぐ》いながら、思った。

むしろ明日がデートで、予想外の出費に頭を痛めている方が幸福感は強かったかもしれない。俺がこんなに困窮していなければの話だが。

そういえば、「なにをするか」は聞いたが、いったいなんの目的でそんなことをするのかは聞かなかった。たぶん勝浦から車でなにかを運ぶのだろう。人を連れてくるのかもしれない。

俺や篤と違い、都が犯罪に関わるとは思えない。

俺は息を吐いた。狭い部屋だから、ためいきがやけに大げさに響く。

今日の俺はついているのか、それともついていないのか。

篤との会話や、俺を見ていた影山の目付きを思うと、都のこともそう能天気に喜んでいられない気がした。

だが俺はそれ以上考えることを止めた。

複雑に、いろんな要素が絡み合い過ぎていて、どう考えても俺の少ない脳みそで処理できるとは思えない。成り行きにまかせるしかなさそうだ。

いつだって、簡単な方の道を選択してしまうのが、俺の悪い癖だと知りながら。


翌日は快晴だった。

早朝にきちんと身支度をして、家を出るなんて何年ぶりだろう。

学生のときだって、入学式や卒業式以外はそんなことをしなかったし、そのあとは社会人らしいまともな生活をしているとはとても言えない。

午後にのそのそ起き出して、明け方にやっと寝るという生活がもう何年も続いていた。

起きられるかと心配だったが、緊張のあまり眠りが浅かったのだろう。ちゃんと六時過ぎに目を覚ました。

昨日、ひさしぶりに引っ張り出したスーツはすっかり防虫剤臭くなってしまっていたが、風を通してなんとか匂いを飛ばした。

乗り込んだ朝の地下鉄は、まっとうな勤め人で満員だった。

俺と違い、皮膚のように馴染んだスーツと、昨日からの疲れを引きずった表情。立ったまま、こっくりこっくりと船を漕《こ》いでいる中年男もいる。

以前は、彼らのことを馬鹿にしていた。つまらない人生だと思っていた。

だが、今はわかる。本当につまらない人生とは、自分のことを嘲笑《ちょうしょう》しながら生きることだ。

毎日くたくたになるまで働かされて、飲み屋で愚痴を言い合うことはあっても、彼らは自分を心の底から嘲笑することはないだろう。

それがひどく羨《うらや》ましかった。

待ち合わせ場所の地下道は、人であふれていたけど都の姿はすぐに見つかった。

背が高く、足が長いからそれだけで目を引くが、今日の彼女は喪服のような黒いワンピースを身につけていた。

黒は女を美しく見せるというのは本当だ。アクセサリーすらなく、化粧もいつもより控えめなのに、黒を着た彼女はぞっとするほど美しかった。

俺に気づくと、彼女は目を細めた。

「いいじゃない。やっぱりちゃんとした恰好をすると変わるわね」

髭《ひげ》も剃《そ》り、髪も撫《な》でつけると自然に背筋が伸びる。たしかに鏡で見た自分は、普段とは別人のようだった。

だが、それは都も一緒だった。俺はおそるおそる尋ねた。

「もしかして、葬式なのか？」

俺が着ているのは紺のスーツだが、少し個性的なデザインのものだ。葬式にはふさわしくない。

「いいのよ。そこまで気を使う必要はないの。死んだのは、友達が飼っている犬」

「犬？」

驚いて聞き返した俺に、彼女は言った。

「そう。犬。一応お葬式なのはたしかだから、あんまり砕けた恰好も気を悪くするだろうけど、完全に喪服姿である必要はないわ」

しかし犬の葬式で、なぜ車を運転する必要があるのだろう。聞こうと思ったが、彼女はすでにさっさと歩き出していた。その背中を追いながら、俺は思った。

まあいい。きっとすぐにわかる。


そして思った通り、理由はすぐにわかった。

到着したのは、房総半島にあるペンションだった。途中からはタクシーを使ったので、場所ははっきりとわからないが、あまり交通の便がいいとは思えない。

だがその分、敷地は贅沢《ぜいたく》なほど広い。運動場のようなスペースすらある。立て看板に目をやると、「ペンション・カニシェ・ドッグラン」と書いてある。

たぶん、犬好きが犬を連れて泊まるペンションなのだろう。普通の観光客ではなく、犬を広いドッグランで遊ばせたいと思う人が集まるから便利さはあまり関係ないのかもしれない。

都は、俺をペンションの入り口で待たせた。ひとりだけ中に入っていく。

すっかり運転手扱いだな、と俺は苦笑した。だが、知らない人に会って、その場だけのどうでもいい会話を交わすのも面倒だ。俺にはむしろありがたかった。

ドッグランの柵《さく》にもたれてぼんやりしていると、びっくりするほど大きなプードルが二頭走ってきた。

独特のカットは、どうもわざとらしくて嫌いだが、黒くて丸い目はほかの犬と同じで可愛らしい。客好きらしく、我先にと俺に飛びついてくるプードルを交互に撫でた。

しばらくすると、体格のいい男と一緒に都がペンションから出てきた。彼女は俺を彼に紹介した。

「友達の江口くんです。この人はここのオーナーの萩尾さん」

彼は大して興味のない様子で、「ああ、よろしく」と言った。俺もぺこりと頭を下げた。

ふたりはペンションの隣にあるガレージに歩いて行った。都が手招きをしたので、ついていく。

ガレージには普通自動車が二台と、大きめの白いワンボックスタイプの車があった。

「じゃ、よろしく頼むよ」

「いえ、こちらこそどうもありがとうございます。今日中に終わらせてお返しします」

そんな会話のあと、都は萩尾から車のキーを受け取った。彼女はワンボックスタイプの車のドアを開け、俺を呼んだ。俺はもう一度萩尾に頭を下げると、車に向かった。

都が当たり前のように運転席に座ったから、俺は助手席に座る。シートベルトをつけるのに手間取っている間に、彼女はエンジンをかけて車をガレージから出した。

「運転しなくていいのか？」

「しばらくしたら代わってもらうわ」

彼女はナビに行き先を入力し、車道へと出た。ガレージの脇に立つ萩尾に手を振って、アクセルを踏む。

なにかを東京まで運ぶのだと思っていたが、なにも受け取った様子はない。すでにこの車に乗せられているのかと思い、後部を振り返るとなにかの機材が設置されていて、荷物を置くようなスペースはなかった。

「この車は？」

尋ねると、都はハンドルを切りながら答えた。

「ペット火葬車なの」

犬の葬式と車の運転がやっとつながった。

「ペット火葬車なんてあるんだな。車の中で火葬するのか？　煙なんかは出ないのか？」

「出ない。ダイオキシンも出ないようになってるらしいわ」

技術の進歩は目覚ましい。自分が関心のない分野は、いつのまにか想像もできなかったことになっている。

最初のインターチェンジで、都と運転を代わった。

助手席に座る彼女の手が少し震えていることに気づき、俺は戸惑った。

彼女の犬が死んだのなら動揺していても不思議はないが、死んだのは友達の犬だと言っていた。

だが、友達の犬でもよく一緒に遊んだり、ときに預かったりしていたのならば、自分の犬と同じくらい悲しいかもしれない。

「大丈夫か？」

なにげなくそう言ったのに、彼女はひどく苛烈《かれつ》な反応を示した。

「大丈夫かってなによ！　わたしがどっかおかしいとでも？」

こちらを睨《にら》み付けるようにして言う。次の瞬間、はっとしたように目をそらした。

「ごめん。なんでもない。大丈夫よ」

やはり少しおかしい。彼女をそんなに深く知っているわけではないが、今までの彼女とはどこかが違った。

二時間半程度の道のりならば、一人で運転できるのではないかと不思議に思っていたが、彼女は自分の動揺に気づいていたのかもしれない。そして一人で運転する自信がないから、俺に声をかけた。

ふいに彼女が言った。

「煙草もらっていい？」

「いいけど、吸うのか？」

「普段は吸わないわ。昔吸ってたけど、犬を飼うようになってからやめた。でも、今は少し吸いたい気分なの」

煙草の箱とライターを渡すと、彼女は慣れた手つきでくわえて火をつけた。眉間《みけん》に皺《しわ》を寄せて、煙を吐く。まだ指先が震えていた。

ぽつり、とつぶやく。

「疲れた」

この前も彼女は言っていた。なんか、疲れちゃった、と。

見当違いと思いつつ、俺は前を見たまま言った。ほかにどう慰めていいのかわからなかった。

「寝てろよ。ナビがあるから行けるし、着いたら起こすよ」

彼女は煙を深く吸い込んで笑った。

「ありがとう」

吸い終わった煙草を灰皿でひねり潰《つぶ》し、彼女は助手席で目を閉じた。俺は確信した。彼女の中にも自分ではどうすることもできない闇がある。

どうやったら、それを覗《のぞ》き見ることができるのだろう。


ナビの案内で到着したのは、住宅街にあるマンションだった。

ホテルのようにロビーが広く、管理人ではなくコンシェルジュがいるのが見える。たぶん、家賃は五十万を超えるだろう。俺が昔、なにもわからないのに不動産屋に乗せられて、住んでいたような高級賃貸マンションだ。

少し前から起きていた都が、ケータイで電話をかける。

「もしもし、千鶴さん？　わたし」

電話の相手が女であることに、俺は少しほっとする。心のどこかで、友達というのは彼女の恋人ではないかと思っていた。

もっとも、女だからといってこのご時世では恋人でないとは言い切れないが、まあその場合はどうやっても俺に勝ち目はないということだ。

「今到着したわ。下にいるの。ええ、わかった」

短い会話の後、彼女は電話を切った。それから俺にいう。

「休憩してきていいわよ。一時間半くらい経ったら、また電話する。この間に、近くでお昼でも食べておいて」

「ああ……でも手伝わなくていいのか？」

「いいわよ。でも帰りの運転だけまた手伝って」

「それはかまわないが……」

なぜか彼女のそばを離れるのが不安だと思った。だが、彼女は少し強い口調で言った。

「お願い。あとで電話する」

言外に、今は一緒にいてほしくないと言われた気がした。俺は諦《あきら》めて、ワンボックスカーから降りた。

大通りの方に行けば店でもあるだろう。車の音が聞こえる方にぶらぶら歩き出す。

途中、一度振り返ると、マンションからひとりの女が出てくるのが見えた。三十は過ぎているはずだ。遠目で見ても可愛らしい顔立ちの清楚《せいそ》な美人だった。小学生くらいの女の子の手を引いている。

——美人の友達は、やっぱり美人だな。

そんなどうでもいいことを考えてから、俺は前を向いて歩き出した。

五分程歩くと、人通りの多い通りに出た。牛丼屋やファーストフードの店も見えたが、一時間半も時間を潰すのには、そういう店は向かない。

しばらく歩いて見つけた、昭和の匂いの残る喫茶店に入ることにした。

エピグラフを食べ、コーヒーを頼んでマンガ雑誌や週刊誌を読んでいると、ケータイが鳴った。都からだった。

「今、どこにいる?」

「近くの喫茶店だ。もう行くのか?」

一時間半と聞いたが、まだ一時間も経っていない。

「ううん。わたしがそっちに行くわ。店の名前と場所を教えて」

店名とだいたいの場所を告げると、彼女はなにも言わずに電話を切った。焦っているような様子だった。

なにか予想外の出来事が起きたのかもしれない。俺は残っていたコーヒーを飲み干して、彼女を待った。

ほどなく、千葉から運転してきたワンボックスカーが喫茶店の前の道路に停まった。都が急いで降りてくる。助手席には、さきほどマンションから降りてきた女性が座っていた。

会計を済ませていると、都が喫茶店に入ってきた。

「もう行くんだろ」

彼女は首を横に振った。

「ううん、そうじゃないの。ありがとう。帰りはもういいわ」

「もういい？」

言われたことばに戸惑っていると、彼女が鞄《かばん》から白い封筒を出した。

「これ、言ってたバイト代。今日は本当にありがとう。助かったわ」

手に押しつけられたそれを見下ろした。「ちゃんとあるか確かめて」と言われて、中を見た。新札の一万円札と五千円札が一枚ずつ入っていた。

「じゃ、またね」

喫茶店のドアを押して出ていこうとする彼女の肩をつかんだ。

「待てよ！」

大きな目を丸くして、彼女は振り返った。

「半日でこれじゃ、多すぎる」

心の中でもうひとりの自分が、やせ我慢しやがって、と笑った。そう、今の俺は一円でも余分にほしい。五百円玉を拾うためならば自動販売機の下に手を突っ込むことくらいやる。

だが、好きになった女の前でくらい、やせ我慢をしたいではないか。

彼女はふっくらとした唇をほころばせた。

「でも、約束だから」

「早く終わるのなら、こんなにはいらない」

封筒を押し返そうとすると、彼女はくすりと笑った。やせ我慢を見抜かれた気がした。

「じゃあ、今度わたしがまた困ったとき、その分助けて」

なぜか学校の先生に諭されているような気分になった。急に意地を張るのが馬鹿らしくなって、俺は封筒を受け取った。

「ああ、わかった……」

「じゃ、急に変更してごめんね。助かった」

そう言って立ち去ろうとする彼女の背中を見た瞬間、強い不安に襲われた。自然に口が動いていた。

「大丈夫なのか?」

自分でもなぜ、そんなことを言ってしまったのかわからない。

だが振り返った彼女は驚いたように目を見開いていた。

言った後、自分でも恥ずかしくなる。その空気に気づいたのか彼女は微笑《ほほえ》んだ。

「大丈夫。またね」

喫茶店を出ると、彼女は車に戻っていった。もっと一緒にいられると思っていたせいで、取り残されたように寂しい気分になる。

なぜか、もう会えないような強い焦燥感を覚えた。

自宅に帰り着いたときに、篤から電話があった。

「今、暇だろ？　これから会って相談しないか？」

暇だと決めつけられたことにムッとした。

「悪いけど、今日はバイトなんだ。明日にしてくれないか」

嘘をついたわけではない。予定が変更にならなかったら、今も車を運転していたはずだ。

「バイトって……なにやってんの？」

「ペット葬儀屋の手伝い。まあ、今日だけなんだけど」

電話の向こうで彼が笑った。

「おいおい、しょぼい仕事だな。そんなのやめちまえよ。どうせ時給七百円とかそんなんだろ」

「金がねえんだよ」

苛立《いらだ》ちまぎれにぶっちゃけると、のんきな答えが返ってくる。

「俺だってないよ」

篤の金がないと、俺の金がないは根本的に違う。いざとなれば頼れる家族がいて、二十万という金額を、ぽんと払うことができる奴は、俺から見れば充分金を持っている。

人間というのは上ばかり見る生き物だ。

親の保険金を手にして、それを好き放題に使っていたときでも俺は自分が金を持っているとは思っていなかった。世の中にはもっといい思いをしている人間がいて、そいつらにくらべるとまだまだ俺は恵まれていないと思っていたのだ。

「でももうすぐ、でかいのが手に入るじゃないか。バイトなんかしなくてもいいだろ」

都のことを言っているのだろうか。返事をするのも馬鹿らしく、俺は聞き流した。

「切るぞ」

そう言うと、篤は焦ったように早口になる。

「なあ、聞こうと思ってたんだけど、おまえ、あの草間都がそのホームレスの娘だって言ってたよな」

どきり、とした。それは俺がその場しのぎについた嘘だった。

「そうじゃないかって、利夫さんの知り合いが言ってたんだよ」

これは嘘ではない。だが、都ははっきりとそれを否定している。

はっきりと嘘をつかなくても、事実を告げないことで嘘の情報を相手に信じ込ませることはできる。詐欺の手口と一緒だ。

友達にこんな卑怯《ひきょう》な話し方をしている自分が情けないと思った。

「それって、どのくらい信憑性《しんぴょうせい》があるのかな」

「知らねえよ。戸籍でも調べてみるか?」

篤はそれには答えずに、話を続けた。

「もし、それが事実なら、犬のことで脅してもあの女、金は払わないかな」

「払わないだろ。もしそうなら、親の犬を受け継いだだけなんだから」

篤はムキになって反論した。

「でも、あんな今風の仕事をしているのに、親がホームレスって恥ずかしいだろ。知られたくないんじゃないか」

「でも利夫さんはもう死んでる」

そう言うと、篤はやっと口をつぐんだ。

もしかして、俺には詐欺師の資質があるかもしれない。こんなふうに嘘を膨《ふく》らませて彼を言い負かすのだから。

だが、別に篤から金を巻き上げたり、彼を陥れたりするわけではない。

俺が都を恐喝などしたくないという理由と同時に、篤にももうこんなことはやめてほしかった。

　彼は力なくつぶやいた。

「じゃあ、俺の二十万、どうなるんだよ……」

「知るかよ。俺は止めようとしたんだぞ。でも主任たちがおまえを追いかけようとした俺を行かせなかった」

　それを聞いた篤が息を呑むのがわかった。

「マジかよ！」

「ああ、本当だ」

「なんで言ってくれなかったんだよ」

「あそこで言えると思うか」

　キューピーのような顔をしていても主任には対峙《たいじ》していて背中に汗が滲むような恐ろしさがあった。影山も同じだ。

「でも、あいつらは知らないはずだ。俺は、あの女がホームレスを殺して犬を手に入れたんじゃないかとは言ったが、親子かもしれないとは言わなかったぞ」

「だから、そんなことは知らねえよ」

だが、なんとなくわかる気がした。ああいう人種は鼻がきくのだ。

金になりそうなこと、ならないこと。暗いものを抱え持っている人と、そうでない人。カモになりそうな人と、そういうことには無縁な人を簡単に嗅ぎ分けてしまう。

彼らは、都を自分たちが脅して金を取るよりも、むしろ篤をそそのかして少額でも手に入れる方がいいと判断したのだ。

もし、篤が恐喝に成功しなくても、彼らの懐が痛むわけではない。

電話の向こうの篤は、すっかりうなだれてしまっているようだ。

「マジかよ……俺、主任たちにカモにされたのかな……」

「いや、そりゃわからないけど、俺はあんまりいい仕事だとは思わないぞ」

「だよな。いい仕事なら、主任たちが中心になって、俺たちはパシリにされるだけだもんな……」

「俺もそう思う」

このまま篤が恐喝を思いとどまってくれるのなら、それがいちばんいい。俺は強く言った。

「やっぱさ、俺たち犯罪をやり遂げられるほど、冷静でもないし、頭がいいわけでもないと思うぜ」

「ん……」

彼はためいきのような返事をした。思い出したように言う。

「バイト中だったよな。悪い、また連絡するわ」

「ああ、明日でも会おうぜ。電話するよ」

ひとことともなく電話は切れた。

二十万を溝《どぶ》に捨てたと思えば、篤のことは可哀想だが、仕方がない。警察に捕まるよりはずっといいだろう。

少しは不安の種が減ったはずなのに、俺の胸の中には胸騒ぎのようなものが渦を巻いていた。

この不安はいったいなんなのだろう。


その翌日だった。

コンビニに行き、ビールと弁当を見繕っているとふいにケータイが鳴った。見覚えのない番号が液晶画面に表示されている。不思議に思いながら出た。

「はい」

「江口くん？」

妙に艶《なま》めかしい女の声が耳許で聞こえた。都の声ではない。記憶を探りながら答える。

「はい、そうですけど」

今までつきあった女で、こんな声をしたやつはいただろうか。考えているのが伝わったのか、女は電話の向こうで笑った。

「影山です。一昨日《おととい》会ったでしょ。もう忘れた？」

「あ……すみません」

たしかに言われてみれば、彼女の声だ。だが、オールドミスを思わせるような色気のない外見と違って、電話で聞く彼女の声はひどく色っぽかった。

「あの……なにか……」

電話をかけてきた理由がわからず、おそるおそるそう口にすると、彼女はまた笑う。

「今ね、あなたがいるコンビニの駐車場にいるの。話があるから出てきてくれる？」

思いもかけないことを言われ、俺は買い物を中断して、コンビニを飛び出した。

駐車場には白い軽自動車が停まっていて、中に影山がいた。

彼女はドアを開けて、俺を助手席に座らせた。そのまま発車させる。

素直に乗ってしまったものの、強い不安を感じる。影山が俺になんの用があるというのだろう。

彼女は吐息だけで軽く笑った。

「別に怖がらなくても大丈夫よ。とって食ったりしないから」

「い、いや……怖がってないです。別に。ちょっと緊張しているだけで……」

「じゃ、緊張しなくてもいいわよ。今日はあなたにおもしろい話を持ってきてあげたの」

会話をすると、少し気持ちが落ち着いてくる。俺は車内を見回した。

主任はベンツだとかＢＭＷだとか、高級外車を何台も持っている。だが、主任よりも強い立場に見えた影山が、こんな軽自動車に乗っているということが不思議だった。

それは立場や収入の差ではなく、男女差かもしれない。現実的な女にとっては、車は単なる道具のひとつで、それで自分の力を誇示したり、虚勢を張る必要はないのだろう。

彼女は走りながら、封筒を俺に渡した。中身を見ろということなのだろう。中からは写真や雑誌記事のコピーが出てきた。

写真を見た瞬間、俺は息を呑んだ。

そこに写っていたのは、昨日ちらりと見た都の友達だった。

大学生にも見える幼い顔立ちに、一筋縄ではいかないような狡猾《こうかつ》さが滲んでいる。可愛らしい笑顔を見ながら、俺はそう思った。

「知ってる？　その人」

聞かれて、俺はあわてて首を振った。

「いや、美人だなと思って……」

「ねえ、可愛いわよねえ。可愛いだけじゃないわよ。橋本千鶴。その人、女だてらにイベント企画会社の社長なの。遣り手らしいわよ」

「そ、そうなんですか……」

影山の話は、俺の感じた印象とほぼ一致していた。

「それでね。おもしろい話があるのよ」

「おもしろい話?」

彼女は息を吐くように笑った。

「彼女の旦那が行方不明なの。その会社の元社長」

それのどこがおもしろい話かわからず、俺は黙って話の続きを待った。

「もともと、鬱《うつ》を抱えていて、急にいなくなっちゃったんだって、自殺フラグよね」

そんな話を笑いながら言う影山の神経を疑い、そしてすぐに思い出す。

普通の年増OLのような顔立ちをしていても、影山は普通の女ではない。罪悪感すら覚えず、犯罪に手を染める女だ。

「で、ね。ここからが本題。その旦那には若い愛人がいたの。それ、誰だかわかる?」

俺は彼女の顔を凝視した。

この流れで知らない人間の名前が出てくるはずはない。誰だかわかる、と尋ねるからには俺の知っている女のはずだ。

そんなはずはない。俺は自分に言い聞かせた。

夫の愛人という関係ならば、彼女と都が親しくつきあっているはずはない。

だが、影山は俺の動揺を弄《もてあそ》ぶかのように話を続けた。

「草間都よ。一年以上つきあっていたらしいわ。関係者はみんな知ってたらしい」

「そ……そうですか」

彼女に過去の恋愛経験があることは不思議ではない。だが、不倫というだけで影山がこんなに食いつくはずはない。

ふいに彼女は話題を変えた。

「ね、江口くんは映画は好き？」

「いや……普通っつーか……」

女の子とつきあっているときにデートで、話題の映画を見る程度だ。嫌いではないが、自分から映画を見たいとは思わない。

「じゃあ知らないか。昔の有名な映画があってね。妻と愛人が共謀して夫を殺すの」

俺は息を吞んで、彼女を見た。影山は笑いながら話し続けた。

「その映画のタイトル知ってる？」

「知りません」

なぜこんなに心臓が早く脈打つのだろう。このままでは隣に聞こえてしまいそうなほど派手な音が身体の中で響いている。

彼女は口角をあげて、そして言った。

「悪魔のような女っていうの」


そう言った後、影山はしばらく黙っていた。俺の反応を待っていたのだろう。ダッシュボードのメンソール煙草を一本抜き取って、火をつける。煙が宙に上がっていく。

俺は乾いた唇を舌で湿しながら言った。

「つまり……ふたりが共謀して千鶴の旦那を殺したかもしれないと」

「そこまでは言ってないわよ。そういうこともあり得るって話」

俺は影山の知らないことを知っている。都と千鶴が友達づきあいをしているということだ。だが、それを今ここで言うつもりはない。

「でも、嫁と愛人が共謀する理由ってなんでしょうかね。嫁のほうは保険金とか遺産とか、いろいろメリットがあるだろうけど、愛人にはなにもないでしょう」

むしろ、愛人と夫が共謀して、別れてくれない妻を殺すか、妻と夫が、邪魔な存在になった愛人を殺すほうが自然だ。もちろん、今回の場合は行方不明になっているのが夫だから、その例は当てはまらないが。

「さあ、愛人のほうもいいかげんにその不倫相手が鬱陶しくなってきていたのかもしれない。そこに、妻から金銭的な見返りを提示されたとしたら？」

「殺すところまでしますかね？」

「さあね」

影山は上に向かって煙を吐いた。

「それとも、もしかして突発的な殺人だったのかも。勢いで殺してしまって、そのあとにどちらかが乗った」

それを聞いて、俺は息を吞む。

「……だとしたら、殺したのは愛人のほう……」

影山は煙草をくわえたまま、にっと笑った。

「そう。頭の回転が速いわね。そういう子は好きよ。江口くん」

そんなお世辞で喜ぶ気になどなれない。

「愛人には、妻の殺人に乗るメリットなどない。だが、妻のほうにはある……」

イベント企画会社の社長が愛人に殺されたとしたら、それは大きなスキャンダルだ。会社を続けていくことも難しくなる。

背中に汗が滲んでいる。俺は胸のボタンを開けて、手で扇《あお》いだ。

「いや、妻のほうが金を渡して、愛人を引き入れたかもしれない」

そうつぶやくと、影山は首を振った。

「もし、あなたが妻だったら、そんなことまでして、愛人を引き入れる？　裏切られるかもしれないのに」

「それは逆でも言えるんじゃないですか？」

かすれた声で、俺はそう反論した。

俺は都を信じたいのだ。彼女はただ、無理矢理引き込まれただけだと。彼女が殺人など犯すはずはないと。

「妻は夫がいなくなったことを隠蔽《いんぺい》できるわ。それこそ、鬱病で会社に出てこられなくなったとか、そういう口実でね。でも、愛人にはそれはできない。妻の殺人で愛人を引き入れるメリットは少ない。でも、愛人の殺人だと、妻が共犯者でいるメリットは計り知れない……」

そう言い切られて、俺は押し黙った。うまい反論が思いつかない。

「ま、想像だけどね」

影山は笑いながら言った。一瞬で、車内の空気が軽くなった。

「ですよね」

俺も笑って同意する。だが、胸の奥は冷たいままだ。

会ったのはたった二回だが、影山がいい加減な情報を持ってくるとは思えない。だから、都が千鶴の夫と不倫関係にあったというのは本当だろう。

しかし、それならなぜ、あのふたりは友達になったのか。

いくら夫が行方不明になったとしても、ひとりの男をめぐる妻と愛人が打ち解け合うことなどできるのか。

それとも、「友達」と言ったのは単に説明が面倒だっただけで、未だにふたりのあいだにはどす黒い感情がわだかまっているのかもしれない。

影山は灰皿で煙草をひねり潰した。プラム色の口紅が吸い殻に残っていた。

「だから、江口くんに探ってほしいの」

「探る？」

「千鶴の夫は本当に行方不明になっただけなのか。それともわたしの推測が当たっているのか」

一瞬思った。影山は俺と都が親しくなったことを知っているのかもしれない。

だがその疑問を口に出すことはできない。そうでなかったときに藪蛇《やぶへび》だ。

「もし、殺されていたとしたら……」

「その場合、標的は都じゃない。橋本千鶴ね」

「たとえ、殺したのが都であっても……ですか？」

影山はふっと頬を歪《ゆが》めて笑った。

「金はあるところから取るものよ。草間都から引き出せる金額はわずかだけど、橋本千鶴は違う。ごっそり引き出せるわ。ＡＴＭみたいにね」

笑えない冗談だ。それでも俺は形だけ笑ってみる。

影山の腕は細い。腕力では間違いなく俺が勝つだろう。

だが正直に言う。俺はこの女が怖い。機嫌を損ねるとどんな目に遭わされるかわからないと思う。

彼女はハンドルを切った。いつの間にか、もとのコンビニの前に戻ってきていた。

「ねえ、江口くん。もしうまく行ったら、あなたをもっと上まで引き上げてあげる」

単なる金の引き出し係ではなく、彼女や主任の近くまでいけるということだ。

「電話する役目ですか？」

そう尋ねると、彼女は声をあげて笑った。

「バカね。電話係もただの下っ端よ。マニュアルだけ渡して練習させるだけ。警察に踏み込まれたら、それっきりよ」

俺は驚いて、影山の顔をまじまじと見た。

今までずっと、主任やその上の人たちが電話をかけ、騙《だま》した相手に金を振り込ませているのだと思っていた。巧みな話術で、狙いをつけたカモを陥れているのだと。

だが、電話をかけているのも、俺たちと同じ下っ端の若者なら、彼らはなにをしているのだろう。

マニュアルを作り、金に困った若者を引っ張り込んで、あとはその上前をはねるだけ。警察に捕まるのも若者で、彼らは少しも傷つかない。部品を取り替えるように、別の若者を引き込んで、また金を稼ぎ続ける。

怒りのようなものが胸を衝《つ》き上げた。俺の表情の変化に気づいたのだろう。彼女の声が急に優しくなった。

「ねえ、江口くん、金はあるところから取るものよ。さっきも言ったけどね」

そのためには人間も部品のように使い捨てるということだろう。

「江口くん、あなた、この先、ここから這《は》い上がる自信はある？」

「え……？」

「借金があるんでしょう。キューちゃんから聞いたわよ。今からきちんと勤め人になって、借金を全部返して、きれいな身体になる自信はある？」

俺は口籠もった。返事などできるはずはない。そんな自信などない。

コネもなく、資格もなく、学歴もない。まだ三流大学卒業でも、新卒で仕事を探せば大企業は無理でも、ちゃんとした職場で働くことはできただろう。

だが、今までまともに働いたことのない俺に世間は厳しかった。就職先を探しても、どこも雇ってくれなかった。

今思えば、すでにあのとき、俺の身体には腐った匂いが染みついてしまっていたのだろうと思う。親が残してくれた金を、投資とも言えない博打《ばくち》で溶かしながら、まだ俺は少し世間を舐《な》めていた。自分はやればできる人間だと信じ込んでいた。

そんな、愚かで鼻持ちならない若者をだれが雇うというのだろう。俺が経営者でも願い下げだ。

俺は押し殺した声で尋ね返した。

「覚悟を決めろ……ということですか？」

本格的に手を汚し、まっとうではない道に足を踏み入れる。

振り込め詐欺の引き出し係をやりながら、アルバイト感覚でいることをやめ、もう元には戻れないのだと自覚すること。

一度、足を踏み入れれば、簡単にやめることはできないだろう。ヤクザの世界と同じだ。

「もしくはさっさとこんな世界から足抜けして、まっとうに働くことね」

コンビニの駐車場に車を入れながら、彼女はそう言った。

そうできるものなら、そうしたい。だが、俺には金がいる。利子の支払日も近い。今から職を探して、なんとかできるとは思えない。

俺は目を閉じた。

前向きに考えれば、これはチャンスだ。主任や影山の側につくことができれば、簡単に警察に捕まることもない。取り分だって増えるはずだ。

あちら側に行きたい。俺はそう渇望する。

金よりも心がそう訴えていた。自分が使い捨ての部品に過ぎないことを痛感するのはもうまっぴらだ。

安全圏から笑うことができれば、風景は一変する。

俺はその愚かさも知っているが、甘さも知っている。勝っているあいだは、なにも怖くないのだ。

もう明日を思って怯《おび》えるのはいやだった。

「わかりました。やってみます」

そう言うと、影山は頷いて車のドアを開けた。

「チャンスをものにしなさい」

俺が降りると、車はそのまま走り去った。

それを見送りながら思う。

本当にチャンスなのだろうか、と。

第八章

俺はまず、そのイベント企画会社——アクアマリン企画の名前をインターネットで検索した。すぐに会社のサイトが見つかる。

住所と電話番号をメモし、そのあとじっくりとサイトを熟読した。

サイトには元社長の名前も、写真も、気配すらなかった。

美人女社長というのがひとつの売りなのだろう。千鶴はあちこちに顔を出していた。サイトの雰囲気も女性らしく、柔らかな色調で、レースや花などの素材をちりばめてある。

女性スタッフによる女性のためのイベント企画という一文を読んだとき、なんともいえない不自然さを感じた。

元社長がいたときから、こんなサイトだったとは思えない。

鬱《うつ》病で行方不明というのなら、戻ってくる可能性だってあるはずだ。ここまで元社長の存在感を消し、自分が前に出るものだろうか。

俺はしばらく煙草を吸いながら、そのサイトを眺めていた。

さて、どうやって近づくか。

都から情報を引き出すつもりはなかった。というよりも、都の存在を意図的に頭の外に置いていた。

彼女の顔を見ると、きっとこんなことはやめたくなる。無愛想で、さほど優しいわけでもないのに、いつもそうだ。

なにより、彼女が人を殺したとは、どうしても思えない。

女が不倫相手を殺す理由というのはなんなのだろう。別れ話のもつれか、それとも妻と別れてくれなかったという理由か。どちらにせよ、そのあと千鶴と親しくなれるとは思えない。

俺は、煙草を空になった缶ビールで揉《も》み消した。

さて、どう攻める。

この会社のスタッフや、夫の身内から話を聞ければ、失踪《しっそう》前の様子がわかるだろう。だが、それは諸刃《もろは》の剣で、千鶴に俺の存在が知られる危険性もある。

千鶴とそれほど親しくなくて、彼の夫のことをよく知っていた人間はいないだろうか。

ふいに携帯電話が鳴った。引き寄せて液晶画面を見て息を呑む。都からだった。

一瞬、出ないでおこうかと思った。彼女からかかってきたことはうれしいのに、話せばぎくしゃくしてしまいそうで怖くなる。だが、結局俺は電話に出る。

「はい」

「あたし。昨日はごめんね。なんか急で」

「いや、別にかまわないよ。遅くなったならともかく、早く終わったわけだし。こっちはラッキー」

そう言うと彼女は電話口でくすりと笑った。

彼女は、俺が影山の手先になって、千鶴の夫のことを調べようとしていることを知らない。知ったら、もうこんなふうに電話をかけてきてはくれないだろう。

自分はなぜ、こんな矛盾したことをしているのだろう。影山の誘いを断ることもできず、都の電話を無視することもできない。

「昨日は本当に助かったわ。忙しくなかったら、お礼にごちそうさせて」

「バイト料は充分もらったよ。普通にメシの誘いなら乗るけど」

来月の家賃にも困るくせに、俺はまだそんな虚勢を張る。

「バイト料は友達からだから。でも……そうね、飲みにでも行く？」

友達ということは、千鶴からということだ。俺は複雑な気持ちを飲み込んだ。

「いつなら空いてる?」

「いつでも。俺のほうが暇だと思う」

「じゃあ、明日」

彼女が告げたのは、彼女の最寄り駅にある焼鳥屋の名前だった。焼き鳥くらいなら、財布の心配をせずに食うことができるだろう。

明日への不安は残っているが、その誘いに乗らなければ、明日が開けるわけでもない。

せめて、少しくらいは笑っていたかった。

そのとき気づいた。俺にとって、影山は俺を押しつぶす現実で、都はその先にある夢のようなものなのだと。

現実に目をつぶって夢だけ見ていたかった。もうずいぶん前から、胸が躍《おど》るような現実など見ていない。

だが、そうやっていても現実から逃れることはできないのだ。家賃が払えず、ここから追い出されてしまえば、俺は利夫さんのようなホームレスになるだけだ。

それでも、目の前に鮮やかで眩《まぶ》しい夢があれば、それを見ていたいと思うのも当然だ。

都は俺にとって、手の届かない眩しい夢だ。

それに気づいて、心が軋《きし》んだ。

たぶん、最終的に俺は、夢をあきらめることになるだろう。立ちはだかる現実から逃れることはできないのだ。


約束は明後日になった。

ポストに入っていた、電気料金の請求書を俺は無視することにした。それを払ってしまえば、都と食事に行った先で恥をかくことになるかもしれない。

彼女は俺の事情を知っているし、そう高い店ではないと思うが、そのあとどうなるかわからない。

そういえば、羽振りがよかったときは、ホテルのバーで、グラス一杯四千円もするシャンパンを呷《あお》ったこともある。あのシャンパンに四千円の価値などなかった。少なくとも俺にとっては。

心の底からうまいと思えたのなら、その値段も価値があっただろう。だが、あの頃の俺は、高いものをがぶがぶ飲める自分に酔っていただけだった。もう味も思い出せない。

高い料理や酒を口にしていたのに、俺の舌が肥えることはなかった。今思えば、それはむしろよかったのかもしれない。

何万円もするフランス料理や、十万以上するワイン。本当にその旨《うま》さがわかっていたのなら、今、安い発泡酒やコンビニ弁当しか食べられない日々に、もっと絶望していただろう。少なくとも、今の食生活には不満はない。たまには発泡酒ではないビールが飲みたいと思うことはあるが、それだけだ。

栄養が偏《かたよ》って、そのうち倒れるかもしれないとは思うが、少なくともあと十年くらいは若さで乗り切れるだろう。その先のことなど今気にしている余裕はない。

俺はもう一度、都のことを頭から追い出した。

影山の渡してくれた資料に目を通す。そこには、元社長である千鶴の夫の略歴と写真もあった。

橋本秀勝《ひでかつ》、三十七歳。妻、千鶴とのあいだに五歳の女の子あり。

写真には、雑誌のインタビューを受ける彼の姿があった。色白で、細身で優しげな顔をしているが、とりたててハンサムというわけではない。

彼が都と寝ていたかと思うと、ちりちりとした嫉妬《しっと》を覚えた。

俺はまたインターネットで、その名前を検索する。

このご時世、インターネットではなんでも手に入る。情報やモノや、恋人までも。

仮想世界と言い切る大人もいるが、どんなシステムでも端末の先にいるのは人間だ。パソコンが勝手に、コミュニケーションを取り合っているわけではない。

俺たちの世代になれば、携帯電話もインターネットも、自分の手と同じくらい欠かせないツールである。

今更、電気のない世界に戻ることができないように、インターネットのない世界には戻れない。

俺が貧窮しながらも、いまだにノートパソコンを中古パソコンショップに売ることができないのは、そういう理由だ。

彼の名前と、アクアマリン企画の名前を同時に検索サイトに入れると、多くのサイトがヒットした。

たいていは、彼がまだ社長としてばりばりやっていた頃の、記事やインタビューだった。古い情報が、がらくたのように放置されているのもネットのいいところだ。

彼の出身大学など、役に立ちそうな情報を見つけてメモを取る。

だが、失踪や鬱病の話はまったく出ていない。多くのヒット数のほとんどは、関係ない話題で、参考になりそうなものは少なかった。

ふと思いついて、俺は、日本一会員数の多い、ソーシャルネットワークサービスにアクセスすることにした。

若者が関わる事件が起きたとき、ここから個人情報が漏れることもよくある。紹介制というシステムのせいで、プライバシーを晒《さら》すことに抵抗がないのだろう。だが、ここまで規模が大きくなれば、紹介制の意味はほとんどない。

俺も、ずいぶん前に友人に紹介されて入会したが、あまり興味が持てずにそのまま放置してあった。

パスワードを探し出して、アクセスし、日記検索を試してみると、すぐにおもしろいものが引っかかった。

「前働いていた、アクアマリン企画の社長が失踪しちゃったんだって。ショック。鬱病だったらしく、しばらく会社休んでたんだけど……失踪ってなんかヤバイよね。でも、元気そうで、全然そんな気配なかったんだけどなあ。いい人だったよ、うん。やっぱり、鬱はだれでもかかる病気なんだね。みんなも気をつけてね。無理しちゃダメだよ」

無邪気な口調で書かれた日記。ＥＭＩというハンドルからも女性であることがわかる。写真は自分の飼い猫らしいものを使っているので、年齢はわからない。

俺は彼女にメッセージを送った。

橋本秀勝の親戚だと伝え、彼の行方を捜していると書く。あとは返事を待つだけだ。

たぶん携帯電話でアクセスしていたのだろう。平日の昼間にもかかわらず、すぐに彼女からメッセージが届いた。

　できることがあれば、協力しますとは書いてあるが、なんとなく警戒しているような空気も伝わってくる。若い女性で警戒心が強いなら、いきなり会うのは難しいかもしれない。このままメールでやりとりをすることにした。

　幸い、彼女はすぐにメールの返事を送ってくれた。直接会って会話するようにスムーズに話が進む。

　彼女がアクアマリン企画で働いていたのは、ちょうど橋本が出てこなくなった時期だったらしい。

「すごく急だったんでびっくりしたんです。昨日までは、普通に働いていたのに、急に起きられなくなったらしく、出てこなくなってそれっきり」

「仕事に支障はきたさなかったの？」

「もともと、奥さんの千鶴さんが専務やってたし、千鶴さんはできる人だから……特に仕事では困ったことはなかったですね。心配だねってみんなで話はしていたけど、鬱病って難しいって聞くでしょう。お見舞いに行って負担をかけても怖いし……」

「まったくおかしい様子はなかった？」

「その前、たしかにちょっと怒りっぽくなってたんですよね。それまではそんなことなかったのに、その一ヵ月ほど前から、つまらないことでねちねち社員を怒るようになって……。あとになって、ああ、あれが予兆みたいなものだったのかなあと思いました。正直いうと、千鶴さんの方が仕事はできるし、優しいし、彼が出てこなくなったことを歓迎するような空気もあったかも……」

だが、話を聞く限り、あきらかに鬱病だったとは断言できない。彼女は予兆のようなものがあったと言っているが、そんな後付の理由などどんな人にも当てはまるだろう。

もし、明日俺が姿を消したとする。篤や、ほかの友達もそれを聞いて驚くだろうが、やはりその予兆のようなものをこれまでの俺の行動から見つけ出すだろう。

まったく暗い影のない人間などいない。

もっとも、俺の場合は失踪する理由がありすぎるほどだが。そう思って、俺は自嘲した。

一応、礼を言って、メールのやりとりを中断する。また、なにかあったらメールしていいかと尋ねると、彼女は快諾してくれた。

「わたしも、社長のこと、本当に気になってたんです。まだ無事でいてくれると信じてます」

彼女のそのことばに、どのくらいの真心がこもっているのか、俺にはわからない。ただの社交辞令のような気もする。

それでも、俺が失踪をしたとき、どれだけの人間が無事を祈ってくれているかと思えば、そのことばの価値はわかる。

騙《だま》したことに、珍しく罪悪感を覚えながら、俺は彼女とのメール交換を打ち切った。


眠りが浅いのはいつものことだ。

いつから眠りが安らぎの場所でなくなったのかは、もう思い出せない。昔はぐっすりと眠れた気がするが、それがいつまでだったのかはわからない。

羽振りがよかったときも、むしろ異様な興奮や多幸感で眠れなかった気がする。もしかすると、あのときすでに俺のどこかは壊れていたのかもしれない。

だが、きれぎれの眠りにももう慣れた。

目を閉じれば疲労は回復できるし、眠れなくて死んだ人はいない。眠っていないようでも、少しずつ眠っているのだ。

だが、ときどき思う。

身体の隅々まできれいに洗い上げられたような、あの心地よい目覚めを味わうことはもうできないのだろうかと。

あれは、若かった頃にしか許されない幸せだったのか。まだ三十にもならないのに、俺の身体と心はひどく疲弊していた。

七十まで生きられるとして、このポンコツの身体であと四十年以上。それはあまりにも長すぎる時間に思えた。

その夜も俺は、何度も寝返りを打ちながら、長い夜を耐えていた。

思い出すのは、都と一緒のあのドライブのことだ。

喪服のような黒いワンピースは彼女によく似合っていた。こっくりこっくりと眠る彼女の横で、車を運転するのは楽しかった。

なぜか、話をしているときよりも彼女のことがよくわかる気がした。

眠っている彼女は俺を見ていない。そのことが俺の心を軽くした。

なんの未来もない、薄汚い俺の姿など彼女の前から消し去って、ただ彼女を見ているだけの存在になりたかった。

今までの恋愛で、そんなことを考えたことなどない。

いつだって女は、必要だけど取り替え可能なものでしかなかった。美しい女には惹《ひ》かれたが、それは必要だからだ。性欲と支配欲が満たせればそれでよかった。

なぜ、俺はこんなにセンチメンタルになっているのだろう。

あのまま、彼女が寝ているあいだに、もっと遠くへハンドルを切ればよかった。

そんなことができるはずはないのに、俺は愚かしい夢を見る。

ふたりで、どこまでも一緒に。

ふいに、俺は勢いよく飛び起きた。

なぜ、彼女はペット火葬車をあんな遠くから運転してこなければならなかったのだろう。

ペット火葬の業者なら、東京にいくらでもある。

安くあげようとしたから、という理由も考えられるが、橋本千鶴が金に困っているとは思えない。会社もうまくいっているようだし、あんな高級マンションに住んでいるのだ。

背中がじっとりと汗で濡《ぬ》れる。

俺は犬を火葬する現場は見ていない。火葬されたのが犬だとは言い切れないのだ。

火葬車というからには超大型犬も火葬できるだろう。だとすれば、小柄な大人くらいは火葬できるのではないだろうか。

いや、橋本が行方不明になったのはもうずいぶん前だ。

彼の死体を焼くのなら、もっと前でなくてはならない。大人を家の中で監禁することなどできない。

だが、もしバラバラにして冷凍庫に入れていたら。

そんなサスペンスドラマのような考えが頭をよぎる。

そんなはずはない。そう思いたいのに、一度浮かんだ疑惑は頭から逃げていかない。

ハンドルを握っていた俺の手まで、血で汚れているような気がした。

俺は、夜が明けるのも待てずに、ＥＭＩにメールを送った。

「妙なことを聞いてすみません。橋本さんは犬を飼っていましたか？」

その返事が来たのは、翌朝の八時過ぎだった。

「飼ってませんでした。社長は犬が大嫌いでしたから」


篤から電話がかかってきたのは、俺が都との約束に出かける準備をしているときだった。

「エグー、今いいか？」

わざとらしく消沈した声がそう尋ねる。幸い、出かけなければならない時間にはまだ少し余裕があった。

「いいよ。どうかしたのか？」

電話越しにでもわかる、あからさまなためいきが聞こえた。

「なにかあった？」

「俺さあ、さっき、電話したんだよね」

「だれに？」

「草間都」

俺は息を呑んだ。髪を撫でつけながら、いい加減に持っていた携帯電話をきちんと持ち直す。

「その……脅したのか？」

まさか、仲良くお話しをしたとは思えないが、一応そう尋ねてみる。

「ああ、『おまえがやったことを知ってるぞ』というと、それだけでかなり焦ったみたいだったからさ、こりゃいける、と思ったんだよな。でも『犬のためにホームレスを殺しただろう』と言うと、急に拍子抜けしたみたいな声になってさ……『警察に連絡するぞ』と言ったら、『どうぞ、ご自由に』って、いきなり電話切られた」

俺は彼の話を聞きながら、ぼんやり鏡の中の自分を見つめていた。

篤は気づいていないが、今の電話にはいくつも情報がある。影山の推測を裏付ける情報が。都がホームレスを殺していないことは知っている。あれはただの事故だ。

だから、彼女が狼狽《ろうばい》する理由などないのだ。――彼女が橋本を殺していない限り。

「やっぱり、おまえが言うようにやめておけばよかったかなあ……二十万、大損だよ」

その口調を聞く限り、俺から十万円取る気は今はないようだ。ほっと胸を撫《な》で下ろす。

「まあ、うまくいっているように思えて、そのあと警察に捕まるよりはずっといいだろ」

「そうだけどさあ……」

彼は拗《す》ねたような口調でまくし立てる。

「今はプリペイド携帯もなかなか手に入らないだろ。あちこち手を尽くして、やっと手に入れたんだぜ。それにかかった金もあるし、赤字だよ、大赤字」

振り込め詐欺が増えたせいで、プリペイド携帯の入手も難しくなりつつある。少しずつ包囲網は狭《せば》まっている。

主任や影山は、たぶん振り込め詐欺ができなくなっても、別の金稼ぎを見つけるのだろう。俺や篤は切り捨てて。

ふと気づく。影山は、千鶴の話を篤にはしていない。篤の性格からいって、黙っていることなどできるはずはない。

篤が以前、主任は俺を買っていたと言っていた。

あちら側へいけるだろうか。切り捨てられることに怯《おび》えないでいる側へ。

出かける時間が近づいてきていた。

「悪い。また夜にでもかけ直す。会って話をしようぜ」

「ああ……」

約束の焼鳥屋のテーブル席に、都はすでに座っていた。

店に入る前に、外のメニューで値段を確かめた。コースで三千円。高い酒をがぶ飲みしなければ、驚くような金額にはならないだろう。

ざっくりと編んだセーターに、ジーンズ。決して女っぽい服装ではないのに、首もとから覗く華奢《きゃしゃ》な鎖骨が目について、俺はどぎまぎする。

一応、昔買ったそこそこいい店のジーンズを穿《は》いてきた。気張って服を選んだとは思われたくないが、かといって見劣りする服も着たくはなかった。

今の部屋に引っ越す前にかなりの服を売るか、捨てるかしたが、それでもいくつか気に入ったものは持ってきている。

ジーンズは腰回りがゆるくなってきていた。瘠《や》せたのだ、と思うと、少し情けなくなった。

俺が席に座ると、彼女はメニューを俺に差し出した。

「なんでも好きなもの頼んで、電話でも言ったけど、今日はわたしが奢《おご》るわ」

「いいよ。バイト料は充分もらったって言っただろう」

「ううん、それとは別に、ちょっと頼みたいことがあるの」

彼女の大きな目が、俺をまっすぐ見つめた。

「頼み……？　なんだよ」

「ま、それは後で。大丈夫よ。そんな大したことじゃないから」

彼女は笑顔でそう言うと、メニューを覗《のぞ》きこんだ。

女に奢《おご》られたことなどない。なにを頼んでいいのか決めかねていると、彼女が言った。

「飲み物は……生ビールでいいわよね。なんか嫌いなものとかある？」

「いや、特に……」

「じゃあ、適当におまかせで焼いてもらおう。大丈夫よ。ここ安いから」

彼女は馴染みらしき店員を呼んでさっさと注文をすませた。

店員がいってしまうと、急に空気が重くなる。致命的なことを聞いてしまいそうで、声を出すのが怖い。

やっと目をそらしながら言った。

「えーと、ササミ……は」

「おるすばん。本当はあんまり好きじゃないみたいなんだけどね。利夫さん……だっけ、はずっと一緒にいてあげたみたいだから」

ホームレスには時間がたっぷりある。働くことも、店に入ることもない。

彼女はつきだしの鶏皮を箸《はし》でつついた。

「わたし、あの子のいい飼い主じゃないわよね」

「そんなことないだろう」

いつも怯えてばかりいたササミが、彼女と一緒のときはとても楽しそうに歩いていた。あたたかい寝床で、無防備に寝ることも覚えた。

そう言ったのに、彼女は首を横に振るだけだった。

「いい飼い主じゃないの。犬を飼う人が、絶対にしてはならないことがある」

「……なんだよ」

彼女は、少し寂しげに笑った。

「内緒」

それは殺人なのではないか。人を殺して、逮捕されてしまえば、犬は行き場を失ってしまう。動物を飼う人間なら、絶対にしてはならないことだ。

自然に言ってしまっていた。

「俺にできることならなんでもする」

彼女は急に驚いた顔になった。俺はあわてて言った。

「いや、頼みがあるって言ってただろ……」

俺がそう言うと、彼女は柔らかく笑った。冷たい印象を与えるような顔立ちが、それだけで優しくなる。

俺は膝《ひざ》の上で拳を握りしめた。

やはり、もうやめよう。影山たちと手を切って、千鶴たちのことも暴くのはやめるのだ。なんとか方法があるはずだ。俺と彼女が幸せになれるやり方が。すぐには思い浮かばないが、きっとどこかに。

彼女は、カウンターの中の店主らしき男に話しかけた。

「ねえ、大将。ささみとレバーと砂肝を、塩なしタレなしで焼いておいて、お持ち帰りで」

「あいよ。エルちゃんにかい？」

一瞬、彼女の目が曇った。ほかの人にはわからないだろう。ほんの一瞬だけ。

「そう、お願いね」

彼女はエルという以前の犬に、同じように焼き鳥を買ってやっていたのだろう。そしてその習慣は、ササミとのあいだでも続けられている。

その日常を守ることができるだろうか。彼女とササミが楽しそうにしているところをずっと見つめていることができるのなら、どんなにいいだろう。

焼き鳥は、肉の味も焼き具合も、絶品だった。これなら、味つけなどしなくても、充分美味しいだろう。

ササミが喜びながら、ガツガツと食べるところが頭に浮かんだ。

ひととおり食べ終えると、彼女はクラッチバッグから、長封筒を取りだした。それを俺に渡す。

「これ、持っててほしいの」

封筒はわずかに重かった。紙だけではなく、金属のなにかが入っている重さだ。たぶん、鍵だ、と俺は推測する。

「それが頼みか？」

「そう」

「持っていて……それでどうするんだ？」

「そのときがきたら開けて。それまではしまってて」

「そのときっていつだよ」

彼女は俺の目を見据えて言った。

「わかる。今、言わなくても、絶対にわかる。今がそのときだって」

不吉な予感が胸をよぎる。考える前に言っていた。

「死んだりするなよ」

彼女はきょとん、と目を見開いた。次の瞬間、くすくすと笑い出す。

「やあねえ。死ぬはずないじゃない。ササミがいるのに」

俺はほっと胸を撫で下ろした。

「だよな。なんか変な空気だったからさ……」

彼女はそっと、俺の手に触れた。

「死んだりしない。約束する」

俺は息を呑んだ。ひんやりと冷たい手の感触が心地よい。だが、名残を惜しむ暇もなく、彼女の手は離れていく。

それを追う勇気もなかった。俺の手はテーブルの上に投げ出されたままだ。

俺は頷《うなず》いた。

「わかった。俺も約束する。これを持ってる。そのときがくるまで開けない」

それが彼女と俺をつなぐ、最後の糸のような気がした。


結局俺たちは、次の店にも行かずに別れた。

だが、俺のポケットには彼女の約束が入っていて、俺の手には彼女の手の感触がはっきりと残っている。それだけで幸せだった。

電車に乗ってから、携帯を見て気づいた。篤から着信がいくつも入っている。

あの焼鳥屋は騒がしかったから、気づかなかった。俺はかけ直した。前に座っている中年女が責めるようにじろりと俺を見た。

「もしもし、エグ。どこにいるんだよ」

「出かけてたんだよ。どうしたんだ？」

声の調子がさっきとはまるで違う。興奮しているような声だ。

嫌な予感がした。

「今すぐ、おまえのところに行く。いいな」

「ていうか、俺帰るまでにまだ四十分ほどかかるぞ」

「なら、前に車停めてその中で待ってる」

彼はひどく焦っているようだった。

「なにかあったのか？」

「会ってから話す。そのほうが早い」

俺は戸惑いながら電話を切った。前の中年女へのアピールに、マナーモードにしてから尻ポケットにしまう。

考えたのは、影山と俺が会っていたのがばれたのではないかということだ。

俺は篤と影山たちが会って、どんな仕事を言いつけられようがどうでもいいが、篤はそうではない。彼らと仕事をすることに、強い執着を見せていた。俺だけが仕事を言いつけられたとしたら、絶対に気を悪くするだろう。

主任と影山を責める勇気はないだろうから、責められるのは間違いなく俺だ。

面倒なことになった。俺はためいきをついた。

重い気持ちで帰宅すると、アパートの前に、篤の車が停まっていた。アイドリングの音が聞こえる。

俺は、運転席のガラスを軽く叩いた。ハンドルに突っ伏して目を閉じていた篤が飛び起きた。

ドアを開けて、彼は外に出てきた。

「遅かったな」

「悪い。でも、どうしたんだよ」

「これを見てくれ」

後部座席のドアを開ける。だが、中が暗くてよくわからない。

ぼんやりと眺めていると、少しずつ目が慣れてきた。同時に、くうん、と悲しげな声がした。

一瞬、心臓が止まるかと思った。

車の中に犬がいた。奥で怯えたように身体を縮め、耳を寝かせて。

間違いない。ササミだった。ササミのほうも俺に気づいたようだった。知っている俺に会えてうれしそうな、でもまだ警戒を解いていない顔で俺を見ている。

「なぜ……」

かすれた声でそうつぶやくと、篤ははっきりと言った。

「誘拐した」

「どうして！」

思わず、彼の胸ぐらをつかんだ。篤は驚いた顔で俺の手を引き剝《は》がした。

「このまま舐められてたまるか。なんとしても金を取る。こいつを誘拐して、あの女に金を払わせる」

いつからかわからない。尻ポケットで携帯が震えていた。

出なくてもわかる。都からだ。だから、この電話には出られない。

篤も携帯のバイブ音に気づいたらしかった。

「電話、鳴ってるぞ」

「ああ……」

ササミはまだ暗闇の中で身体を縮めていた。携帯電話は焦《じ》れているように唸《うな》り続けていた。

第九章

狭い部屋に篤のいびきだけが響いている。

ササミは俺の隣で、床に伏せたまま、上目遣いにこちらを見ている。背中に触れると、筋肉が固く緊張しているのがわかる。パニックを起こしているわけではないが、安心しているわけでもないことが、よくわかる。

俺のアパートはペット禁止だから、篤は自分の家に連れて帰るつもりだったらしい。だが、ササミは篤が近づこうとすると、鼻に皺《しわ》を寄せて低く唸《うな》った。それでも無理にリードを引くと、噛《か》みつこうとさえした。

わずかに早く、篤が腕を引き、ササミの歯は空でかちりと鳴った。

このままでは、篤が連れて帰ることなど不可能だ。アパートを追い出される覚悟で、俺はササミを預かることにした。

篤が帰ったら、すぐに都に連絡しようと思ったが、篤はそのままビールを飲んで寝てしまった。

ササミは俺に対しては攻撃的な様子は見せない。だが、いつものように俺に甘えたり、膝《ひざ》に前脚をかけて、撫《な》でてくれとねだることもしない。あの仕草は、都や利夫さんという、ササミが信頼している人がそばにいたからこそ見せてくれたものだったと、俺は今さらながらに気づく。

水を入れた皿にも口をつけず、パンを目の前に差し出しても目を背けるだけだ。俺が触れても怒らないが、喜ぶこともない。

ササミの背中を撫でてやりながら、俺は声に出さずに話しかける。

——かならず、おまえの家に帰してやるから。

篤はたぶん、明日になれば一度、自宅に帰るだろう。

そうすれば、都に電話して、迎えにきてもらうことができる。そのあと、篤と揉《も》めることになるだろうが仕方ない。逃げたと嘘をついてもいい。

都にはどう話せばいいのだろう。

なにもかも話してしまえば、彼女はもう俺に微笑《ほほえ》んではくれないかもしれない。

それでもいい、と思うには俺は彼女に惹《ひ》かれすぎている。

だが、話す以外に選択肢はないのだろう。繕《つくろ》うためにどんな嘘をついても、別の場所から綻《ほころ》びていき、醜態を晒《さら》してしまうほかはないのだ。

泥人形が崩れていくように。


翌朝、篤に揺り起こされた。

「電話、かけるぞ」

そう言われて、俺はのそのそとこたつから這《は》い出た。隅で小さくなっているササミに近づいて、リードを手に取る。

「こいつにトイレさせてくるよ」

「おい、俺の話聞いてるのかよ」

ジャージの上にダウンジャケットを羽織りながら篤に答えた。

「昨日も言ったけど、俺はこの計画に嚙むつもりはないよ。おまえが勝手にやったことだろう。ひとりで始末をつけろよ」

篤は舌打ちをした。

「分け前はやらないぞ」

「ああ、かまわない」

スニーカーに足をつっこんで、振り返らずに部屋を出る。

幸い、ほかの住人と会うこともなく、外に出られた。ササミはアパートを出るとすぐに、大量の排泄《はいせつ》をした。部屋の中ではしてはいけないと、我慢していたのだろう。誉める代わりに背中を撫でてやってから、俺は近くの公園に向かって歩き出した。

途中、缶コーヒーを一本買い、しばらくぶらぶら歩いて、ベンチに座った。慣れない場所のせいか、ササミの尻尾は下がりっぱなしだった。

携帯電話を取りだして、メールを確認する。都からはきていない。着信履歴も、昨夜かかってきたきりだ。

篤はもう電話をかけただろうか。俺は都の電話番号を呼び出すと電話をかけた。

一度の呼び出し音で、すぐに彼女の声がした。

「江口くん、ササミが……」

か細い声。いつもよりかすれているのは、泣いているせいだろうか。俺は答えた。

「知ってる」

「……え？」

考えると迷ってしまいそうだったから、考えずに喋《しゃべ》る。

「俺の友達が、バカなことを考えた。ササミは今、俺のところにいる」

「どうして……?」

「誘拐して、身代金を取るつもりだったらしい。電話かかってきただろ?」

「かかってきてない」

それを聞いて、俺は苦笑した。結局篤は、電話一本かけることもできずにいるらしい。暴走してバカなことをしでかすくせに、悪人になりきる勇気もないのだ。

「じゃあ、ササミ、元気なの?」

「ああ、ちょうど今ここにいる。なんだったら、すぐに迎えにこいよ」

彼女が考え込む気配がした。

「どうしたんだ?」

「今日は行けないわ。江口くん、一日でいいからササミを預かってくれない?」

彼女の答えは思いもかけないものだった。

「いや……いいけど、どうして」

「車を人に貸しているの。仕事も入っているし……駄目?」

「わかった。じゃあ預かっておく」

一日くらいなら大家の目を盗むこともできる。篤を説得するのにも、ササミがいるほうがいいかもしれない。俺が裏切ったと知ったら、頭に血が上って、まともに話ができなくなる。

「ごめんね、お願い」

「いや……俺の方こそ、友達がバカなことをして……」

憔悴《しょうすい》した声でわかる。眠ることもできずに気を揉んでいたのだろう。

電話の声が聞こえるのだろうか。ササミは黒い目でじっと俺を見つめている。

「ササミ、そこにいるのよね。話、聞いてる？」

「ああ、聞いてるみたいだ」

「ササミ？」

都がササミに話しかけたから、俺は携帯電話をササミに向けた。ササミはきょとんとした顔で、揺れるストラップを見た。

「ササミ、いい子にしているのよ。必ず迎えに行くからね」

そう言ったあと、いきなり電話は切れた。

ササミの黒飴のような目は、ずっと電話を見つめ続けていた。


部屋に帰ると、篤はふてくされたような顔で床に座っていた。

「電話したのか？」

「一度かけたけど、話し中だった」

どうやら、俺がかけているタイミングで、篤も都に電話をしたらしい。だが、それならなぜまたかけ直さないのだ。

リードを放すと、ササミはまた部屋の隅で寝そべった。昨日とくらべれば、警戒は少し解けたように見える。

俺は篤の前に座った。

「なあ、これからどうするつもりなんだ」

篤は答えずに、俺から目を離した。

「身代金を取るって言ってたけど、どうやってばれずに金の受け渡しをするんだ」

「それをおまえと一緒に考えようと思ったのに……おまえが協力してくれないから」

甘えた言い分に、俺は戸惑った。

「おまえの分の十万円も払ってやったんだぞ」

「それは返すよ。今すぐは無理だけど、なるべく早く」

彼を安心させようとそう言ったのに、篤の目は宙を泳ぐ。

「出し子やってたとき使った口座使えば……」

「一度使った口座は危険だ。確実に見張られてる」

「じゃあ、まだ使ってない口座は……？」

俺は首を横に振る。俺が集めた口座も、すべて主任に渡している。

「なあ、ほかに方法は思いつかないか？　映画なんかにあるじゃないか。交差点にカバン置かせて、バイクで持ち去ったりとか……」

「映画みたいにはいかない」

俺は篤を説得するために、ことばを重ねた。

「なあ、誘拐がいちばん割に合わない犯罪だって知ってるか」

「どうして！」

「被害者には準備をする時間がある。警察に連絡することだってできる。その状態で、もう一度被害者と接触しなければならないのは、誘拐だけなんだよ」

篤は俺のことばの意味を考えるように目を伏せた。

「振り込め詐欺なら、金を振り込むのは詐欺だと気づいていない奴だけだ。窃盗なら、すぐに遠くに逃げられる」

篤は反論してこない。背中を丸めて俺の話を聞いている。

「そりゃあ、人間を誘拐するより罪は軽いよ。もし捕まっても罪状は、誘拐じゃなく、窃は犯罪だ。

そう言うと、篤はすがるような目で俺を見た。

「でもな、俺たちには余罪がたくさんあることを忘れるな」

「振り込め詐欺グループの末端。切り捨てられるトカゲの尻尾に過ぎないとしても、犯罪だろうが、余罪を追及されたら一発だ。

金を引き出したコンビニの防犯カメラには、俺たちの姿が間違いなく映っている。深く被った帽子とサングラスで変装しているから、映像から俺たちに辿《たど》り着くことはできないだろうが、余罪を追及されたら一発だ。

篤の視線は、自分の膝あたりを彷徨《さまよ》っている。俺は篤の顔を覗《のぞ》きこんだ。

「なあ、もうやめよう……。犬のことだけじゃなく、主任や影山に関わるのも」

篤は一瞬口を開けて、そしてまた閉じた。

「わかってるだろ。あいつらは、俺たちを仲間だなんて思ってない」

振り込め詐欺の被害者も、俺たちも結局は同じ存在だ。駒として使った後は、簡単に捨てられてしまうだけだ。

頭を膝に押しつけるようにして、篤は下を向く。

説得するためとはいえ、俺が言ったことはすべて事実だ。篤にもそれはわかるはずだった。

ひどく長い沈黙のあと、篤はぽつりと言った。

「犬……返さなきゃ」

全身の力が抜けた。俺は答えた。

「俺が返すよ。おまえはもう、家に帰れよ」

夢から覚めたように、篤はよろよろと立ち上がった。


夜になっても都から連絡はなかった。

篤が帰ってしまうと、ササミはずいぶんリラックスした様子になった。無理矢理連れてきた篤のことを警戒していただけで、俺のことは信頼してくれているようだ。

えりまきのようになった首の白い毛をそっとかきまわす。

ペットショップで買ってきた缶詰のドッグフードには口はつけなかったが、コンビニで買ったおにぎりの、味のついてない部分をやると少しだけ食べた。

ずっと、世界から切り離されていると思っていた。

主任や篤とは関わっていても、それから先はなにも見えない。

外側の世界があることは理屈ではわかっていても、そこと自分がつながっている実感などない。それは今でも同じだ。

だが、隣に呼吸をする生き物がいるだけで、その孤独が少し楽になる。耐えられるものに変わる。

俺の目が孤独を見ようとする。あれほど見るのが恐ろしかったのに。

それと同時に、昨日、都から預かった封筒のことが気にかかりはじめる。

——そのときがきたら開けて。

——わかる。今、言わなくても、絶対にわかる。今がそのときだって。

俺は立ち上がって、封筒をしまってある引き出しを開けた。

彼女のことばに従えば、俺がそのときだと思えば、封筒を開けていいということになる。

屁理屈だということはわかっていた。だが、ひどく胸騒ぎがするのだ。

俺はのり付けしてある封筒を、丁寧に開いた。もし、考えたようなものでなければ、また元に戻せばいい。

中に入っていたのは一枚のメモと、鍵だった。

メモには電話番号らしき数字が書かれていた。俺は鍵を手に取った。

家の鍵だ。彼女のマンションのものだろうか。

これは彼女のマンションの合い鍵で、彼女が俺のことを好きだからこれをくれたのだ、とも考えられる。だが、女に関しては舞い上がりやすい方だと思うのに、そんなに都合よく考えられないのはなぜだろう。

なにより、住所も教えてもらっていないのに、鍵だけもらっても意味がない。

不安は胸の中で少しずつ肥大してくる。

俺は電話番号を書いたメモを引き寄せた。携帯電話の設定を非通知にして、その番号をプッシュする。

どこにかかるかわからないが、間違い電話のふりをすればいい。

呼び出し音のあと、流れてきたのは留守番電話のアナウンスだった。

「こちらは、三木弁護士事務所です。本日の業務は終了いたしました。ご用件のある方は……」

電話を切って、もう一度鍵を見つめる。

好きだから合い鍵をくれたわけではない。それなら弁護士事務所の電話番号が入っている理由がわからない。

都に会いたかった。会って、この鍵の意味を問いただしたかった。

そのどこか暴力的なまでの衝動を、俺は抑えつけた。明日になれば、彼女から電話がくる。そのときに、さりげなく聞けばいい。

彼女がいなくなることなどない。彼女にとっていちばん大事なものは、俺の部屋にいるのだから。

ササミは、身体を横にして、静かな寝息を立てていた。


それから三日経っても、都から電話はなかった。

ササミが俺の靴下を噛んで遊んでいたので、それを写真に撮ってメールで送ったが、それにも返事がない。

彼女がササミを放っておいて、平気だとは思えない。連絡がないというのは、なにか異常な事態が発生しているのだ。

さすがに痺《しび》れを切らして電話をかけてみたが、電源が切られているか、電波の届かない場所にいるというアナウンスが流れてきただけだ。

俺は携帯電話を閉じた。彼女のマンションがわかっていれば、訪ねていきたいが、残念ながら携帯番号とメールアドレスしか聞いていない。

ほかに、彼女につながる糸口はなんだろう。

そう思ったとき、俺の頭にひとりの女の顔が浮かんだ。

橋本千鶴。

彼女のマンションなら車で行ったから、場所はわかっている。インターネットで調べたから、職場の電話番号もわかる。取り次いでもらえるかどうかは別の問題だが。

ササミは俺の部屋にも慣れたようだ。さきほど、トイレもさせたし、もともと大人しい性質だ。しばらくなら放っておいてもだいじょうぶだろう。

俺は、クローゼットから革のジャケットを取りだして羽織った。

靴下を噛んでいたササミが、不思議そうに俺を見上げる。俺は頭を軽く撫でた。

「出かけてくるからな。大人しくしてろよ」

四日間一緒にいたが、物音がしても吠《ほ》えることはない。座布団の上で眠っているか、じっとしているだけだ。

鞄《かばん》を肩にかけて、玄関に向かうと、ササミが後を追ってきた。不安そうな顔で俺を見上げる。

「すぐに、おまえの飼い主が迎えにくるから」

そう口に出して言うと、俺の不安も薄らぐ気がした。

ドアを開けて、薄暗くなった外に足を踏み出す。夜の冷気が、首筋をなぶっていく。

駅に向かう道で、ポケットに入れた携帯が震えた。都かと思い、急いで出る。

「江口くん、わたしだけど」

聞こえてきた声に、俺は息を呑んだ。影山だった。

「なにか……」

車の音を手で遮りながら答える。

「さっき、篤くんから電話があったらしいのよね。もうやめたいって」

一瞬、心臓が冷えた。だが、同時に安堵《あんど》も感じる。

「どうしてか知ってる？　江口くん」

笑みを含んだ優しい声なのに、足がすくむような恐ろしさを感じる。

「さあ……あいつ、親元だから、別に生活に困ってるわけじゃないし……」

「江口くん、きみもやめるの？」

俺は乾いた声で笑った。怖い。だが、恐怖を感じていることが、ひどくおかしかった。

「……俺もう、きついっす。小心者だし……もう疲れたんです。びくびくするのに」

いつ警察に捕まるか、そして、いつ、あんたらに切られるか。

「わかったわ」

拍子抜けする答えが返ってきて驚く。腰抜けなど必要ないということか。だが、彼女は続けてこう言った。

「でも、草間都のことは逃がさないわよ。彼女を追い詰めてやるわ」

「……彼女が……どうかしたんですか？」

「調べれば調べるほど、彼女は怪しいわ。橋本秀勝の死に絶対に関わっている。江口くんだって、そう思うんでしょ」

「俺は……」

「それとも、彼女が好きになった？」

俺は震える手で、電話を切った。これ以上聞いていたくなかった。

どちらにせよ、影山は俺のことなど、ただの雑魚《ざこ》としか考えていない。

そして、その判断はたぶん正しいのだ。


身体中が冷えているのに、汗だけがやけに出た。

俺は夜の町を走り続ける。白い息を吐いて、ただひたすらに。

すれ違う女の顔をすべて確かめて、そして失望する。

なぜか、もう二度と彼女には会えない気がした。そんなはずはないと自分に言い聞かせても、焦燥感だけが募った。

自分が無力で、なにもできないことはわかっている。

それでももう一度だけでも、彼女に会いたかった。


白壁の建物は、ほのかな白熱灯に照らされていた。

建物自体を美しく見せるように計算されたライトアップ、それはまさに上っ面だけ整えた厚化粧の女のようで、俺は吐き気さえ覚えた。

ここに千鶴が住んでいる。この前、ペット火葬車で訪れたから、間違いない。

こんなところまできても、相手にしてもらえるかどうかわからない。だが、彼女以外に、都とつながるものはない。このまま、彼女を見失ってしまうことだけは我慢できなかった。

もう一度携帯電話で、都に電話をかける。やはり彼女は電話に出てくれなかった。

彼女が携帯をチェックしているのなら、俺からの着信履歴がいくつも残っているはずだ。

何の連絡もないなんて、考えられない。

一瞬、考えた。こんなふうに入れあげているのは俺だけで、彼女の方はなんとも考えていないかもしれない。もしかすると、俺に犬を預けて、ほかの男とへらへら旅行にでも行っているのかもしれない。

不思議なことに、そう思っても腹が立たなかった。

俺が道化《どうけ》で終わるのならそれでいい。嫌な予感が当たるよりもずっとましだ。

それにあの封筒の中の鍵。なにもなければ、あんなものを俺に預けるはずはないのだ。

携帯を閉じて、俺はマンションの中に入った。

高級マンションだから、エントランスはもちろんオートロックになっている。郵便受けで橋本という名字を探し、インターフォンで部屋番号を呼び出した。

「はい」

女性の声がインターフォンから聞こえてくる。

「いきなりすみません。俺、草間都さんの友達です。彼女のことについて、どうしても聞きたいことがあって……」

しばらく沈黙があった。

俺は唇を噛んだ。勢いで訪ねてきてしまったのは、やはりまずかったかもしれない。

だが、同時に思う。

怪しまれても、警察を呼ばれることはないだろう。

都がもし、橋本の失踪《しっそう》に関わっているとすれば、千鶴も間違いなく、なんらかの形で関わっている。

「あなた、この前運転してきた人ね」

そう言われて気づく。インターフォンの上部に小さなカメラがついていた。向こうからは俺の顔が見えていたのだ。

「そうです。彼女と連絡が取れなくなりました」

「悪いけど、知らないわ。わたしも常に連絡を取っているわけじゃないし」

インターフォンが切られそうになる。俺は思わず叫んだ。

「ご主人、本当に失踪したんですか?」

インターフォン越しにも彼女が動揺したのが伝わってきた。俺は続けた。

「あのとき、火葬したのは、彼の死体だったんじゃないんですか? 犬なんか飼ってないんでしょう」

感情のこもらない声が言った。

「人聞きの悪いことを言わないで。わかったわ。上がってきて」

インターフォンが切られると同時に、エントランスのガラス戸が開いた。俺は中に足を踏み入れた。

夜だというのに、コンシェルジェはロビーのカウンターの中にいた。まるで高級ホテルだ。

コンシェルジェは不審そうに俺を見た。汚い革ジャケットとジーパンを穿《は》いた俺は、この高級マンションでは異分子だ。

わざと堂々と彼の前を通り過ぎた。軽く会釈をすると、彼も頭を下げた。

千鶴ならば、なんとしてもこの生活を守りたいと思うだろう。俺自身がそうだったのだから。

今ならわかる。FXで負けたとき、悪あがきせずに素直に負けを認めて退場すればよかったのだ。まだ取り返せるなどと信じ込んだからこそ、こんなどん底に落ちてしまった。

勝っている間は酔っていられる。自分がほかの人間と違うという自意識に。

だからこそ、自分の負けを認めるのが難しいのだ。

俺はエレベーターに乗った。千鶴の部屋は最上階の十五階だった。探さなくても、彼女の部屋はわかった。すでにドアが開いて、千鶴が廊下に出ていた。

「入って」

彼女は俺を手招きした。不安がないわけではなかったが、まさか俺を殺したりはしないだろう。

ドアを閉めながら千鶴は言った。

「大声を出さないで。子供がもう寝ているの」

前に見たとき、千鶴は小学生くらいの女の子の手を引いていた。あれが千鶴の娘なら、彼女には守りたいものがもうひとつあることになる。

二十畳はありそうな、広いリビングへと案内される。俺の今住んでいる部屋など、すっぽりと入ってしまうだろう。

彼女はカップボードから、グラスとウイスキーの瓶を取りだした。

「飲むでしょ」

もっと邪険に扱われるかと思っていたから少し驚いた。飲みたい気分ではないが、腹をくくるために言った。

「いただきます」

彼女は俺の好みも聞かずに、グラスに氷のみを入れて、ウイスキーを注いだ。

薦《すす》められるままに口をつける。甘いようで辛いウイスキーの味と、強いアルコールの匂い。たぶんいい酒だと思うが、俺には安酒との区別はつかない。

自分もロックで一口飲むと、千鶴は俺を見た。

「あなた、彼女の恋人？」

「違います」

恋人だと胸を張って言えればどんなにいいだろう。それであとで傷つくことがあったとしても。

「でも、好きなんでしょう。でないと、こんな夜中に彼女を捜してこんなところにやってきたりしない」

俺はそれには答えない。だが、答えないことがなによりの返答だ。

千鶴はくすりと笑った。

「あなた、さっき、橋本は死んだんじゃないかって言ったわよね」

俺は頷いた。グラスが手の中で、澄んだ音を立てる。

「あれ、正解」

驚いて千鶴の顔を見る。まさか、こんなに簡単に認めるとは思っていなかった。

彼女もグラスを鳴らしながら話し続けた。

「でもね。殺したのは彼女よ。わたしは指一本触れてない」

千鶴のことばを否定することもできた。だが、俺はすでに気づいていた。たぶん、彼女の言うことが正しいのだ、と。

好きならば、彼女を信じるべきなのだろうか。愛していると言うのなら、彼女は無実だと声を荒らげた方が正しいのだろうか。

俺はただ、手の中のグラスを鳴らしているだけだ。

俺があまりに静かなので、彼女も驚いたのだろう。

「信じられない？」

「いや、俺にはわからない。ただ、そういう可能性も考えなかったわけじゃない」

千鶴が殺したのなら、そこに都が関わるはずはない。都が千鶴を脅迫でもしていない限り。

千鶴はまた笑った。

「冷静ね。ちょっとほっとしたわ」

「どうして、都は橋本を……」

「犬を守るためだって。橋本が、あの人の犬を保健所に連れて行こうとして、それで揉み合ってそんなことになってしまったって」

ああ、と思った。それならば納得できる。

彼女が前の犬を不注意で死なせたことも、利夫さんが事故に巻き込まれたことも、俺は知っている。都にとって、ササミはほかの犬とは違っていた。

「どうして、あなたは警察に行かなかったんですか」

千鶴は頰杖《ほほづえ》をついて、こちらをちらりと見た。

「社長が愛人に殺された会社と、だれが取引したいと思う？　娘にだって本当のことは知られたくない。だから、隠したの。それだけ」

「あなただって従犯になるでしょう」

「そうね。でも、もうあの人は死んでしまった。悪いけど、自業自得だと思った。あちこちの女に手を出していたのは知ってたから。殺されそうだというのなら助けたけど、もう死んでしまったというのなら、わたしの都合を優先しても悪くないと思わない？」

それでも罪には違いない。だが、俺にも彼女の言いたいことはわかった。

千鶴はいきなり立ち上がった。壁の本棚から、白い箱をとってきて、蓋《ふた》を開ける。

それがなにかはすぐにわかった。骨壺《こつつぼ》だ。

「あの人、今はこんな小さくなっちゃった」

「やはり、あのとき……」

「そう。動物専用の火葬車で、死体を火葬するなんてうまいこと考えたわよね。驚いちゃった」

だが、橋本が行方不明になってからずいぶん経つはずだ。

「死体は、どこに隠していたんですか？」

「彼女の部屋には、大きな専用フリーザーがあったから、そこにね」

かすかな違和感が胸をよぎる。それがなんなのかはわからない。

「死体が彼女の部屋にあった間は、わたしも気持ちが休まる暇はなかった。あの人がいつか、罪の重さに耐えきれずに自白してしまうかもしれなかったし、だれかに見つかる可能性だってあった。もし、フリーザーが壊れてしまったら、死体を別の場所に隠さなければならなかった。山に埋めても、湖に捨てても、見つかってしまう可能性はゼロじゃない」

そして、死体が見つかって、それが橋本秀勝のものだとわかれば、必然的に千鶴の事後従犯が確定する。もしかすると、彼女自身が犯人だと疑われるかもしれない。

「だから、こうやって彼が小さくなってしまって、ほっとしている。そのうち、海にでも散骨して、それから八年後に死亡届を出す。それですべてが終わるわ」

彼女はそう言ってから、俺を見た。年齢よりもずっと若く見える清楚な顔立ちに、蠱惑《こわく》的とも言える笑みを浮かべる。

「どう？　わたしはあなたが好きな彼女の味方じゃない？」

「そうなりますね」

千鶴が警察に訴えれば、都は殺人犯になる。今、千鶴が言ったとおり、橋本秀勝の死を隠蔽《いんぺい》できれば完全犯罪が成立する。

だとすれば、なぜ都は姿を消してしまったのだろうか。

「あなたの予想は当たってたけど、本当に彼女が今どこにいるのかは知らないの。連絡取れなくなったって本当なの？」

俺は頷いた。

「ええ、俺のところに犬を預けたまま……」

彼女は眉間《みけん》に皺《しわ》を寄せた。

「あの、白い首のところがふわふわわした？」

「そうです」

彼女は橋本を殺してまで、ササミを守ろうとした。なのに、そんなに簡単にササミを置いていくとは思えない。

ここまであけすけに話してくれた千鶴が、嘘をついている可能性は低いだろう。

「それは心配ね。事故にでも巻き込まれてないといいけど」

そう言った千鶴の声はあきらかに他人事《ひとごと》で、俺は苦笑する。

「あなたにとっては、死体を始末してからいなくなってくれてラッキーでしたね」

俺の嫌味にも、彼女は動じなかった。

「そうね。本当に助かったわ。死体が彼女の部屋にあったときだったら、震え上がったかもしれないけど」

ふいに、リビングに置かれていた電話が鳴り響いた。

千鶴はリビングのテーブルに投げ出してあった、子機を手に取った。

液晶画面を見て、目を見張る。

「あなたの探している人からよ」

驚くと同時に安心する。都は姿を消してしまったわけではなかった。

「もしもし？」

千鶴は立ち上がって、窓の方に近づいた。電波状態がよくないのかもしれない。

「ちょうどよかったわ。あなたのこと捜して、ボーイフレンドがきているわよ。ええ」

千鶴は子機を口から話すと、俺に声をかけた。

「あなた、江口くんて言うの？」

そう言われて、はじめて自分が名前を名乗っていないことに気づいた。

「そうです」

彼女は頷くと、また都と話し始めた。

「ええ、江口くんだそうよ。そう……なんですって？」

彼女の声が高くなる。今まで変わらなかった表情に、焦りの色が見えた気がした。

「ちょっと待ってよ。なに言ってるの？　橋本の遺体は始末したでしょう？」

俺は戸惑いながら、千鶴の変貌を見守っていた。

「どういうこと？　騙《だま》したの？」

彼女の声が震えはじめる。いったいなにがあったのだろう。

そのあと、千鶴は黙って話を聞いていた。都の声が聞こえないことが、俺を苛立《いらだ》たせたが、だからといって千鶴から電話をもぎ取るわけにはいかない。

ひどく長い時間が経って、千鶴がやっと口を開いた。

「わかったわ」

腹を立てている声ではない。どこか力なく、それでも納得しているように聞こえた。

「あなたのボーイフレンドになにか言うことある？」

それを聞いて、俺は立ち上がった。千鶴の手から電話をもぎとる。

「都！　今どこにいるんだ！」

そう叫ぶと、電話の向こうで息を詰める気配がした。

「なあ、ササミがきみを待ってる。帰ってきてくれ」

もちろん、俺も。そう言いたいのを飲み込んだ。

少しの沈黙の後、彼女が笑った。

「ねえ、江口くん。わたしがいい飼い主じゃないって言ったの覚えてる？」

「ああ、覚えてる」

彼女は言った。自分は犬を飼っている人間が絶対してはならないことをしたと。

彼女は息を吐くように囁《ささや》いた。

「わたし、衝動的に人を殺した。守るべきものがある人は絶対にそんなことをしちゃいけないのに」

俺は低く呻《うめ》いた。予想していたことだった。

「だから、帰れない。あとは彼女に聞いて」

待ってくれ、と言うより早く、電話は切れた。

俺は千鶴の方を向いた。

「都はなんて……」

千鶴はそれには答えず、またソファに座った。そして言う。

「いくら欲しいの?」

「え……?」

「あの人が言ったわ。わたしのことを黙っている代わりに、あなたにお金を渡してって。

口止め料の代わりに」

話が飲み込めない。俺は尋ね返した。

「口止め料って……」

「わたしが関わったことを警察に言わないって……あの人、自首するそうよ」

――自首。

そのことばの意味が、じわじわと身体に染みこんでくる。

たぶん、動機がどうであれ、殺人で執行猶予がつく可能性は低いだろう。つまり、都は俺の手の届かないところに行ってしまう。

「なぜ……」

「最初から決めてたって言ってたわ」

「最初から……？」

だとすれば、俺と彼女が会った時点で、彼女はもう自首することを決めていたのだろうか。

「でも、あなたが嘘をついていたことを隠すのは無理だ」

千鶴は首を横に振った。

「夫が女と逃げたことを隠したくて、嘘をついたと言えばいいと言われたわ。死体は彼女の家の冷凍庫にまだあるって」

「冷凍庫の中って、この骨壺は……」

俺がそう言うと、千鶴はふっと息を吐いた。

「騙されたわ。これは橋本の骨じゃない。橋本は火葬なんかされてない。まだフリーザーの中にある」

それを聞いたとたん、俺の頭の霧も晴れる。さきほどの違和感の理由に気づいた。

都は、ペンションからまっすぐにこのマンションにきた。

もし、火葬したのが橋本の死体なら、まっすぐにここにくるはずはない。一度、都のマンションによって、死体を火葬車の中に運び込まなければならない。

「じゃあ、この骨は……」

千鶴は、かすかに口角をあげた。

「あの人の、前の飼い犬の骨ですって」

——エル。

会ったことのない、ササミとそっくりな犬。彼女の支えだったはずの、白い犬。

「わたしの嘘は隠し通す。その代わり、あなたに口止め料を渡してほしい。そう彼女は言ったわ。どうしてだかわかる？」

俺は静かに頷いた。

「ササミの面倒を俺に見ろ、ということですね」

「そうよ。それがあなたへの伝言。あの子をお願いって言ってたわ」


その翌日、俺はもう一度弁護士事務所に電話をした。

弁護士は都から、すべての相談を受けていた。彼女はすでに警察に出頭したという。

「マンションは賃貸ですから、それを引き払って、所持品は彼女の家族が引き取ります。ですが車と、バッグやアクセサリーなど販売できるものは売って、そのお金をあなたに渡して欲しいと、草間さんは言いました」

それ以外にも銀行に残った預金も、俺に贈与すると彼女は言ったらしい。

「ただし、条件があります」

「彼女の飼い犬を飼育することですね」

弁護士は俺のことばに頷いた。

千鶴からも、俺は百万円を受け取った。その金で住んでいたアパートから、犬の飼える別の部屋に引っ越した。もちろんササミも一緒だ。

ペットの飼育が許されているといっても、今風の洒落《しゃれ》たマンションなどではなく、古くて入居者がいなくなったために、仕方なくペット可にしたという、築四十年近いボロアパートだ。

別にそれでもかまわない。部屋は昔ながらの間取りで狭いが、ひとりと一頭が生活する程度のスペースはある。ササミはほとんど吠えないから、近所に迷惑もかけない。

千鶴や都からもらった金で、借金はほとんど返すことができた。

俺は、宅配便の会社で働き始めた。楽な仕事ではないが、少なくとも気持ちだけは清々《すがすが》しくいられる。

自分がただの捨て駒だと考えることもない。

俺は都に金をもらったのではなく、借りたのだと考えている。だから、彼女が刑期を終えて出所してくるまでに、借りた分の金を貯めて、返すつもりだ。

そう思えば、働くことはつらくなかった。

だから、俺の借金はなくなったわけではない。消費者金融から都に、貸し手が移っただけの話だ。だがこの借金には利息はない。毎月、利息だけを払うのにかつかつで、元金は全然減らなかったあの頃とくらべれば、ずいぶん生活は楽になった。

篤は、コンビニのバイトをしながら、ときどき俺のところにきてくだを巻いていく。ササミもずいぶん、篤に慣れた。

主任とはあれから一度だけ会った。偶然だったのか、待ち伏せされたのかわからない。

俺がいつも行く職場近くのコンビニで主任に肩を叩かれたときには、心臓が冷える気がした。

だが、彼はにやりと笑ってこう言っただけだった。

「うまく逃げ切りやがったな」

影山とはあれから一度も会ってない。

だが、都は自首してしまった。都が千鶴をかばう証言をした以上、千鶴を恐喝することもできない。影山にもできることはないだろう。

俺もただの宅配便の兄ちゃんで、大した金は持っていない。

弁護士の話によると、都の求刑は七年だという。裁判次第ではもう少し短くなるだろうし、模範囚でいればもっと早く出られるそうだ。

俺の役目は、彼女が戻ってくるまでササミの面倒を見ることだ。

あの鍵は、彼女のマンションの鍵だった。

たぶん、都は自首する寸前に、俺に電話をしてすべてを打ち明け、ササミを迎えに行ってほしいと頼むつもりだったのだろう。そのための合い鍵だ。

ほかのものは弁護士に預けても、もし行き違いがあって、俺がササミを迎えに行くのが遅くなるのは可哀想だと考えたのだろう。

篤がササミを誘拐してしまったせいで、その必要がなくなっただけだ。

毎日仕事に行く前と、仕事から帰ったあと、俺はササミを散歩に連れて行く。ササミは歩きながら何度も振り返って、俺を見る。

大したことのない日常だ。それでもそれを繰り返せば、ときどき思う日がある。

俺はもしかして幸せなんじゃないだろうか、と。

結局、あれから都とはひとことも話していない。

俺がササミを引き取ったことは、弁護士を通じて知っているはずだ。彼女が俺になにを頼みたかったのかももうわかった。気持ちは通じ合っている。俺はササミの面倒を見て、静かに暮らす。

もうひとつ、俺には希望がある。

彼女が刑期を終えて戻ってきたとき、一緒に人生をやり直すことができるかもしれない、という希望だ。

もしかすると、彼女はそんなことなど考えておらず、その瞬間手ひどく振られるかもしれないが、それはそれで仕方がない。

少なくとも、その希望を抱えている時間は、俺は絶望せずにいられるというわけだ。

だから、今は彼女にその答えを聞きたくない。

ひどく静かな夜、俺はササミの背中を撫でながら、こう考える。
彼女は俺に、希望を与えてくれたのだ、と。
希望は、白い犬のかたちをしていた。

解説

太田忠司（作家）

たかが犬のことなのに。

犬と一緒に暮らしたことのないひとには、そう思われるかもしれない。

でも、犬と共に生きている人間にとっては、とても大きな出来事なのだ。

それは彼らのちょっとした仕種《しぐさ》。耳を掻《か》く。あくびをする。舌を出す。

心身ともに疲れ、起き上がる力が失せているようなときでも、膝の上で寝息を立てている彼（または彼女）の寝顔を見ているだけで、明日もまた生きてみようという気持ちが沸き上がってくる。

あるいはちょっとした異変。いつものように食べない。元気がない。便が柔らかい。体を震わせている。

病気だろうか、と心配になる。自分のことのように気にかかり、病院に連れていかなければと慌てる。もしもこの子に何かあったら、と考えるだけで体が震えてくる。

心はいつも、振り回される。

たかが、犬のことなのに。

近藤史恵さんの長編『三つの名を持つ犬』は、たかが犬のことで人生を変えられていく人間の物語だ。


ふたりの人物の視点から、この物語は語られていく。

ひとりは草間都。美貌を頼みに親元から離れてレースクイーンやモデルの仕事をしていたが、突出した存在にはなれず仕事も頭打ちの状態だった。妻子ある男性との不倫も彼女の心を淀《よど》ませている。心の支えは里親会で出会いエルと名付けたミックス犬だけ。ところがエルとの日々の暮らしをブログにアップするようになると、それがいつしか評判になり、エルとセットでの仕事が入るようになる。都にとってエルは大切なパートナーであると同時に、下世話に言えば飯の種となるのだ。

そんなエルが、ある日突然、不慮の事故で死んでしまう。

都は公私ともに欠くことのできない存在を失い、アイデンティティ・クライシスに陥る。人生の伴侶を失った悲しみもさることながら、このままではエルありきで仕事をしてきた彼女の将来も鎖《とざ》されてしまうことになりかねない。

焦った都は必死にエルの代役を探す。そして幸運にも——いや、不幸にも——出会ってしまうのだ。エルとそっくりな犬に。

そしてエルの代役を手に入れるための行動が、彼女を思いもしない暗闇へと誘っていく。

物語の後半、視点は江口正道という男に代わる。

両親の遺産をＦＸで蕩尽《とうじん》してしまい、今は振り込め詐欺の出し子の仕事で糊口《ここう》をしのいでいる彼が、たまたま手に取った雑誌に都とエル——じつは都にササミと名付けられた別の犬——が掲載されているのを見かけたところから事態が動く。江口はササミの元の飼い主であるホームレスと面識があり、ナナと呼ばれていたその犬のことも知っていたのだ。江口は都に接触する。最初は犬をネタに金を脅し取ることが目的であったのだが、物語は意外な方向へと進んでいく。

ここで作者である近藤史恵さんのことについて触れておきたい。

近藤さんは一九九三年『凍える島』で第四回鮎川哲也賞を受賞し、作家としてデビューする。鮎川賞は本格ミステリの新人作品に対して贈られる賞であり、受賞作も瀬戸内海に浮かぶ孤島を舞台にした連続殺人という、本格ミステリの王道を行く作品だった。以後、日本では意外に少ない女流本格ミステリの書き手として活躍することになるが、近藤さんの創作フィールドはそれだけに止まらず、歌舞伎の世界を舞台にしたものや捕物帳といった和物や、自転車のロードレースという日本ではまだ馴染みの薄い世界を舞台にした作品なども精力的に執筆している。自転車レースを描いた作品『サクリファイス』で大藪春彦賞を受賞したことも記憶に新しい。

近藤さんの作品は、御自身の興味のあるものをベースに構築されていることが多い。しかもその構築力が半端ではない。物語の芯《しん》がしっかりしているから作品内に妙な齟齬《そご》がない。かといってガチガチに硬直した印象も受けない。とてもたおやかで優美だ。イメージするのは、織物。きっちりと織り上げられた、しかし手触りは柔らかい布地のような読後感がある。

犬もまた近藤作品における重要なモチーフのひとつだ。近藤さん御自身、テツ君という黒プー（黒いトイプードル）と暮らしていて、ブログやツイッターにもときおり写真を掲載しておられる。犬に対する愛情は一方ならず、と思われる。

しかしそれが作品に現れるときは、ただ単に犬を猫可愛がり——妙な表現だが——するだけの甘ったるいものにはならない。犬という人間とはまったく違う動物と暮らすことで直面する問題や、今の日本でペットが置かれた状況についてのシビアな視点を忘れてはいない。例えば同じ徳間文庫に収録されている『黄泉路の犬－南方署強行犯係』では犬好きにはとても正視に堪えないような出来事――しかもこれは現実に起きていることなのだ――を眼を背《そむ》けることなく描いている。

本作においても、近藤さんの確かな視点はぶれない。都をただの犬好きとしてだけではなく、犬を商売道具にしている人間の打算や弱さや狡《ずる》さをも描いている。

逆に江口に対しては、ただの落伍者としてだけではなく、その心に灯る複雑な思いにも気を配っている。

結果的にこの作品は、犬と人、その双方が織りなすタペストリーのような趣《おもむき》を持つこととなった。

織り上げた近藤さんの手腕が十二分に味わえる逸品だ。

最後に個人的なことを書かせていただく。

今年の二月に僕は、十三年間を一緒に過ごしてきた愛犬モモを失った。

その二年前に同じく愛犬パフを失った傷も癒えないまま、新たな大きな喪失感に苛《さいな》まれている。

いないはずのモモの姿を眼で追い、聞こえないはずの足音を耳で聴こうとする。元気に走り回っていた若い頃や家の前に佇《たたず》むことを好んだ晩年、そして獣医さんの診察台に横たわっていた臨終の姿を思い出しては、悲嘆に暮れている。

たかが犬のことなのに、忘れられない。

だからこの作品を読むのが、正直なところ最初は辛《つら》かった。エルの死にパフやモモの姿がフラッシュバックして耐えがたかったのだ。

でも、読むのを止めることはできなかった。都や江口の、そして何より三つの名を持つ犬の行く末が気になって仕方なかったからだ。

ハッピーエンドが期待できるような物語ではない。犯した罪は罪として裁かれなければならないのだ。でも、それでも、誰も不幸になってほしくはない。特に、あの犬には。

そんな勝手な読者である僕の思いを、近藤さんは巧みに操り、そして見事に着地させてくれた。

物語のラストで、ひとつの希望が語られる。それは都にも江口にも、そして犬にとってもささやかな、しかし、そうであってくれればと願わずにはいられないものだ。

そんな希望で締めくくられる物語を紡《つむ》いでくれた近藤さんに、感謝したい。

二〇一三年五月

本書は２０１３年６月徳間文庫として刊行されたものの新装版です。なお、本作品はフィクションであり実在の個人・団体などとは一切関係がありません。

徳間文庫

三《みっ》つの名《な》を持《も》つ犬《いぬ》

〈新装版〉

2020年11月15日　初刷

著者　近《こん》藤《どう》史《ふみ》恵《え》

発行者　小宮英行

発行所　株式会社徳間書店

東京都品川区上大崎三―一―一　〒141―8202
目黒セントラルスクエア

電話　編集〇三(五四〇三)四三四九
販売〇四九(二九三)五五二一

振替　〇〇一四〇―〇―四四三九二

印刷
製本　大日本印刷株式会社

ISBN978-4-19-894604-3　(乱丁、落丁本はお取りかえいたします)